Dr. phil. THORSTEN LINDEMANN

Am Rande zum Wesentlichen

Miniaturen in Wort und Kohle

www.geschriebenes.com

© **Januar 2017** Dr. phil. Thorsten Lindemann

Verlag: tredition GmbH, Hamburg

Buchgestaltung: Dr. phil. Thorsten Lindemann

ISBN:

Hardcover: 978-3-7345-7847-2
Paperback: 978-3-7345-7846-5
e-Book: 978-3-7345-7848-9

Printed in Germany by tredition

MAN KANN UNS LAUT LESEN

MANCHMAL ERINNERTE UNS EIN DURCHEINANDER

ZUMEIST TRAFEN WIR NUR FLÜCHTIG AUFEINANDER

UND WIR SIND GESCHICHTEN ÜBER EINE GESCHICHTE

Dr. phil. THORSTEN LINDEMANN

Am Rande
zum Wesentlichen

Miniaturen in Wort und Kohle

Strandgut: Miesmuscheln, ... 20. September 2015

Abgesang

Schau mal, sagte ich mir halblaut, dort ist das und dahinten sogar noch das. Immerhin, ... einige Dinge waren mir also im Tumult der mittlerweile abhanden gekommenen Jahrzehnte noch geblieben.

Ohne den Motor meines Wagens abzustellen hielt ich es für angebracht eine Rückschau passieren zu lassen. Ich bemerkte etwas beiläufig, dass ich mit dem Angehen des Schauspiels, eine präsentierende Geste, geradeso, als verlangte jemand dieses von mir, zackig fertigbrachte. Im Rückspiegel sah ich meine Augen lässig abschweifen, auch suchte mein Blick forschend nach dem angezeigten Zug, zweifellos gewagt aus dem Wagen heraus. Die geschlossene Schranke, ... die, die den See von der Stadt schon immer trennt, machte weiterhin keine Zugeständnisse. Was ist schon Zeit, dachte ich. ... Sehr viel weiter entfernt, hinter der Sperre, ging ein Schuljunge, vielleicht dreizehn, kaum älter. Er tapste, wie unter meinem Verdacht stehend, mechanisch getrieben, in die spätherbstliche Nasskälte hinein. Ich war mir sicher, dieser Bengel wird, nachdem zwei angedachte Schulstunden vergangen, diesen abseitigen Weg wieder zurücknehmen, und dann, zuhause angekommen und nach abgebröckelter, wohl oder übel, notgedrungener Überzeugung, seiner Mutter das zu frühe Heimkommen aus der Schule klarmachen. Am Ende wird er es auch dieses Jahr wieder geschafft haben. Diese späten, alljährlichen Bundesjugendspiele lagen ihm nun mal mit Grauen belegt nahe. ... Jetzt verschwand der Bursche aus meinem Blickwinkel. Ein Wiedersehen lag wohl kaum im Möglichen. ... Nun, ... nur ein abklingendes Rauschen, ... ja, ... das hörte ich noch. Meine Abtrift hatte das ohrenbetäubende Vorbeifahren des Güterzuges nicht zugelassen. Was würde meine Tochter, die nun selbst als Lehrerin tätig ist, so hörte ich mich leise fragen, dazu sagen, wenn ich mich ihr gegenüber dazu bekennen würde. ... Wozu? Deutlicher wollte ich mir selbst gegenüber nicht werden. ... Der unterdessen ganz und gar abgerauschte Zug, den Unterschied zwischen Personen- und Güterzug konnte ich zu meiner Überraschung immer noch intuitiv festmachen, wurde durch das Öffnen der Schranke glaubhaft. Immer noch etwas verlegen nickte ich meinem Spiegelbild zu. ... So. ... Bummlig fuhr ich auf die erste Bahnschwelle. Holprig, auf ungleichem Grund, kantig, führte es mich. Der Wagen geriet ins Ruckeln, gelegentlich ins Schlingern. Also nichts Neues, ... na klar. Ein schneller Blick in den Rückspiegel reichte. Kein Fahrzeug folgte. Das also erfuhr ich auch. Welchen Aufhänger Fahrradfahrer oder Fußgänger gefunden hatten, um dieser schönen Stunde hier und jetzt zu entsagen, hätte ich mich zwar fragen können, entschied mich aber dafür, unbelastet zu bleiben. Doch kaum mich so festgelegt, drängte sich auch schon eine weitere Frage auf: Sollte man sich in verrückten Zeiten generell durch gewollte Nichtkenntnis vor der Welt schützen oder brachte dieses Prädikat gerade dann eher das Gegenteil davon hervor? ... Wie also? Etwas gegen meinen Willen und säumig genug, tat ich nun auch dieses Kopfzerbrechen beiseite. ... Gut. ... Nur wenig später hielt ich vor einer grau gewordenen Holzbaracke, es war niemand zu sehen. Ich stieg aus dem Wagen und tat das, wozu ich hierher gekommen war. Mein Gesicht brannte etwas. ... Nun erschien es mir unbegreiflicher als noch unlängst, ... nämlich, dass ich mich mit dem Näherrücken meines Abflugs zunehmend mehr mit der eigenen Vergangenheit beschäftigte. ... Schwamm drüber, oder auch nicht. Mit der Eilfertigkeit eines Athleten, über die ich mich ebenfalls nur wundern konnte, ließ ich die Hütte links liegen. ... Auch gut. ... Wenn sich das nicht über die hingegangenen Jahre geändert hatte, musste alsbald der Weg zum Ufersaum des Sees sich zum schmalen Pfad verengen. ... Erneut so ein Augenblick der kam: Plötzlich, in der für mich beklemmenden Stille, brach der Gedanke an meinen bevorstehenden Abschied gänzlich wühlend hervor. So jedenfalls hatte ich das nicht erwartet. Ich muss zugeben, mir kamen die Vokabeln – Versöhnung, auch Abrechnung als Gegenspieler ins Hirn, dabei lief mein Blick frei über großzügig gebliebene Pfützen. Ein Wolkenbruch hatte diese Hinterlassenschaft über Nacht und längs des Weges so belassen. ... Nein, ich gab nicht auf. Meine Straße war nicht der Ort für Oberflächlichkeit und Leere, und schließlich, ich wusste wie viel ich durch mein Vorhaben gewinnen würde. ... Ja, was sollte ich mir noch erzählen? Im Gedanken rückte ich meinen Hausstand zusammen, und dass, bis ich mich fragte, ob es nicht doch maßlos zu früh dafür war.

Mir entging nicht, dass die Sonne sich zum Untergang vorbereitete und weitreichende Schatten zur Wende deutlich sehbar warf. ... Gefühlt wenig später blieb ich stehen. Ich lauschte mit erhobenem Gesicht, ... so, als würde ich aus der Ferne gerufen. Ich nickte. Und während meine Augen hinüberblickten auf die andere Seite des Sees, der Wind sich etwas erhob, verschwand hinter der Stille der Ebene das Tagesgestirn.

Ja, ... und wenn ich für den Rest meiner Zeit stehen bliebe, ... hier, ... einfach nur hier?

Friedhofsgänger

*N*un, … so etwas kam mir auch noch nicht vor die Augen.

Als ich das Haus verließ war es mir, allein schon wegen der fortgeschrittenen Tageszeit, etwas ungelegen den Totenacker aufzusuchen, um die Grabstätte meines widerlichen Schwagers winterfest und hübsch mit Erika herauszuputzen, … nur des Anstands wegen, dachte ich. Mir wäre jede Tätigkeit lieber gewesen, ausgenommen vielleicht, dass aufwendige Rasenmähen, das auf meinem achtern liegenden Grundstück, aufgrund damaliger, kurvenreicher Gartengestaltung, immer zu einem schweißtreibenden Auftritt führt.

Kurz und gut, … mein Haus ließ ich knapp, nachdem ich den Wagen bestiegen hatte, links liegen. Es bestand also immer noch ein stillschweigendes Einverständnis mir selbst gegenüber. So nahm ich mich weiterhin in die Pflicht. Natürlich hatte ich den von Anbeginn dieser Verpflichtung mir eigens zurechtgelegten Zwang auch diesmal gefürchtet, aber in demselben Maße fühlte ich mich ebenfalls und nach wie vor, gewissermaßen, auf eine dubiose Machart, dazu berufen. … Ich habe keine Containerschiffe laufen, auch kein krisenbehaftetes Autohaus, keine Mitgliedschaft im Golfklub raubt Zeit, dachte ich. … Nur wenig später befand ich mich auf dem Friedhof. … Stille. … Mümmelnde Eichhörnchen, wilde Kaninchen, die in der Abendsonne dösten. Der Totenacker, auf dem ich mich befand, ist nicht groß. Keine Allee würde sich dem Besucher einprägen. Ja, … nichts Spektakuläres gab sich die Ehre. Hier wird niemals eine aufregende Parade stattfinden, kam mir noch in den Sinn. Und die Nachbarn? Angrenzend dieses Ruheareals eine knapp ausgefallene Reihe Doppelhaushälften. Die Vorgärten übersichtlich und pflegeleicht. Danach verflüchtigt sich das Bild mit beliebigen Gebäuden, und bis in die Innerstadt hinein. Einen Bewohner einer Doppelhaushälfte kannte ich immerhin oberflächlich. Oberstudienrat, und irgendwie komisch. Alle waren nicht so. Von den anderen hier wusste ich gar nichts.

Sicher, … ich sah auf diesem Gräberfeld in annähernd regelmäßigen Abständen Personen an mir vorbeigehen, ältere, selten jüngere Friedhofsgänger. Manche trugen handtellergroße Pflanzen umständlich bei sich, Schaufelchen unsicher zwischen Mittel- und Zeigefinger geklemmt. Später würde ich die Arbeiterschaft beim Wasserkannenholen wiedersehen, das war klar. Auch erfuhr ich zweite- und dritte Kleinigkeiten der Vorübergehenden. So lernte ich ebenso ihre wohl hiertypischen Eigenarten im Bewegungsablauf kennen. Nur ein Beispiel: das Verlangen, die Sache schnell hinter sich zu bringen, oder das Gegenteil davon. Ein Mittelmaß schien es dabei nicht zu geben. Ja, … die Gesichter schrieben mir mehr noch und annähernd ausnahmslos vorurteilsbildende Rätsel in mein Aufgabenheft. … Gerade eben schnappte ich durch das Aufeinandertreffen zweier Frauen auf, was sie voneinander hielten. … Gut. … Was woanders einfach so passieren kann, hier an diesem Ort sollte es so etwas eigentlich nicht geben, dachte ich. … Bei meiner stillen, hockenden Beschäftigung am Grab war es also unumgänglich dieses oder jenes zu erfahren. Und ab und zu, beim geordneten Platzieren von Erika oder beim gelegentlichen Abdriften einer arbeitsamen Hand, … vielleicht, um einen nicht hierher gehörigen Krautgestängel den Garaus zu bereiten, begutachtete ich die Wetterlage weitläufig, und ungesund mit gestrecktem Halse, … mehr nicht. … Aber dann, wie schon anfangs erwähnt, kam mir etwas noch nicht da gewesenes in die Quere: gönn dir ruhig noch einen Moment, doch jetzt sei misstrauisch, sagte ich mir. Eine auffällige Person, zwar noch im gehörigem Abstand, doch zielstrebig genug, trat mir ins Augenlicht, und dieses Weilchen Stück Zeit des Bemerkens, beschränkte sich nicht nur auf ein kleines Häppchen eines beliebigen Ranges, sondern ausbaute sich auf eine gehörige Portion. Mit diesem Atemzuge also fand ich alles, was zum achtsamen Verfolgen reizen kann. Ich drückte meine Gläser näher ans Gesicht, reckte mich dazu ungelenk aus der Hocke heraus, und das, ohne den Herannahenden aus den Augen zu verlieren. Ein kupferfarbenes, kleines Auto kreuzte meinen Blick. Darin eine Namenlose. … Tja, so war das. … Hier an diesem Plätzchen, in dieser Stadt, hielten sich eher selten großstädtische Künstler auf, die Alster würde ein jeder vergeblich suchen, doch durfte ich erwarten, dass die mittlerweile herangenahte Person die große Welt oft vor Augen hatte; sein Missmut, wenn der Gesichtsausdruck mich nicht täuschte, musste begründet sein. Das Haar schulterlang, hellblond, rahmte durch schlichtes Herabhängen zweitrangig die ausgefallene Front des Hauptes. Auch das, ... ich sah einen Direktionszimmer geeigneten schwarzen Anzug, feine schwarze Schuhe, ein blütenweißes Oberhemd, die Krawatte, ... gewiss, kunterbunt im Stil der achtundsechziger, passte nicht, oder gerade deswegen. Nicht aufzufallen war nicht sein Metier, das musste einleuchten. Der Künstler, dass meinte ich ihm andichten zu können, gab sich selbst Rätsel auf. Er ging wie ein Seemann. Wie alt wird er sein, fragte ich mich. Seeleute altern anders; ... möglicherweise sechzig. Jedenfalls, ... ich kam und kam nicht los von ihm. Ich wollte einfach zusehen, wie er, aufgefallen musste ich ihm schon sein, an mir vorbeiging. ... Ich ließ ihn natürlich ziehen. Selbstverständlich hätte mich das alles verdammt gleichgültig lassen können, aber ....

Ich sah nun, wie die Sonne den Horizont berührte. Auf der Stelle hob ich abwehrend meinen Arm, ohne Absicht. ... Nur wenig später verließ ich diesen Ort, und ich kann mir nicht erklären, warum ich nicht einen einzigen Moment schwankte, um der bestimmten Person genauer auf die Schliche zu kommen.

Gelegentlich, wenn mich mein Zwang wieder hier sein lässt, ... ja, ... dann, beginne ich unwillkürlich zu suchen. Ich verteidige diesen Platz: die Stille, das zurechtgemachte Anderswo, den eilend vergehenden Augenblick, ... wahrscheinlich sogar meinen widerlichen Schwager.

Wenn, … dann „Welle Nord"

*E*ine attraktive Frau, knapp über fünfunddreißig, enger Rock, fesselnde Bluse, sie ist langbeinig, dreisprachig, als tadellose Nordfrau muss sie irgendwo zwischen Flensburg und Kiel geboren sein oder während der Überfahrt von Sassnitz nach Trelleborg, schwenkt das kurz zuvor zurechtgerückte Mikrofon armweit zur Seite. Sie greift zum Telefon. Im Hintergrund läuft ein Song der unkompliziert ist. Jetzt wählt sie eine Nummer. Nur zweimal blickt sie auf das vor ihr liegende Papier; das muss wohl genügen. … Was sollte noch auffällig sein? Vielleicht das angedacht stattlich gefüllte Rumglas in Reichweite? Vielleicht der muschelbewachsene Schiffsrumpf auf dem Grund der Ostsee, unweit der Sendeanstalt, die blitzenden Dublonen, die aus der geborstenen Schatztruhe herausrieseln? … Ja. … So, oder so ähnlich, konnte ich mir das vorstellen, und das musste schon Anlass genug zur Vorsicht sein.

Gut. … An einem Nachmittag klingelte also das Telefon und schon kurz danach saß ich fest. Ich war zwar in den letzten zwei Jahren rege auf Grundstückssuche im „Hohen Norden" gewesen, ohne aber wirklich ganz und gar sicher zu sein, was die eine oder andere regionale Feinheit betraf. Nun, … so war das also, jedenfalls und nur wenig später, war ich dazu eingeladen mich am nächsten Tag zu meinem bevorstehenden Umzug in einem Hörfunk-Journal zu äußern. Wie kam man nur darauf? … Natürlich meinte ich mich vorbereiten zu müssen, … umsomehr, weil ich nicht ausschließen konnte, dass es zu einer Live-Übertragung führen würde. Mit welchen Kenntnissen musste ich mich vorsichtshalber ausrüsten? Das vom Sender angefragte Telefonat, das von meiner Seite aus unkritisch belichtet geblieben war, und wie schon gesagt, mit einem erneuten Anruf eröffnet werden sollte, wollte ich natürlich so gut als nur möglich über die Bühne bringen, … das war klar. Vielleicht war es aber auch ratsam, ohne wohlfeiles Vorwissen sich auf das Interview einzulassen. Vielleicht aber auch nicht. Sicherlich kommt es darauf an, sagte ich mir nach einigem hin und her, dass man authentisch bleibt. … Und so richtete ich mich aufs Warten ein.

Selbstverständlich fiel ich nicht mit der Tür ins Haus. … Da die Moderatorin der „Welle Nord" mich der hörenden Öffentlichkeit mit hemdsärmliger Unbefangenheit und dann mit meinem Vorhaben selbst vorstellte und ich willig im Hintergrund dem inwendig zustimmte, musste das die erste Frage unmittelbar nach sich ziehen. Und wie das Erzählen zu den Pflichten eines Gastes gehört, so legte ich also los. Der Anfang war klar. Wo aber sollte ich den vorläufigen Einhalt setzen? Also gut. … Alsbald blickte ich im Hinblick darauf nicht nur auf meine zukünftige Wahlheimat, sondern spannte den Bogen ebenso über Grenzen hinweg, … tatsächlich, bis hin zu Cornwalls Wälder, Felder und Steilklippen. Ja, … ich will mal sagen, wer wollte mir diese Freimütigkeit verwehren, schließlich sah ich ins Auge fallende Übereinstimmungen. Klar, … heimlich war ich besorgt über meine territorialen Ausschweifungen, aber warum sollte ich mich zurückhalten. … Ja, so war auch das. … Nun, … etwas weiter, und vorhersehbar musste es gewesen sein, versuchte ich nun doch und auch aus diesem Grunde heraus, meinen geistigen Ausflug etwas, und meiner Ansicht nach noch früh genug, zu korrigieren. … Schließlich hörte ich sie lauschen, … alle, alle im Tonstudio, alle vor den Empfängern. Nun, … es war kein Schmunzeln zu hören, auch nicht aus dem gewiss unmittelbar knapp seitab liegenden Regieraum, doch blieb ich beunruhigt. … Dann merkte ich, dass die Zeit mager geworden war. Jetzt, … etwas strammer, machte meine Gastgeberin mich auf meinen zukünftigen Wohnsitz aufmerksam. Merkwürdig, dachte ich. Gut, … so freimütig gefragt, antwortete ich ebenso freimütig. Forsch streifte ich also durch die Gassen des betreffenden Ortes. Hier schien es alles zu geben, Landarztpraxis, sogar mit einem sympathischen, fernsehbekannten Mediziner bestückt, Apotheke, Bäcker, auch einen Friseur, ebenfalls eine intakte Kirchengemeinde, und eine gepflegte Parkanlage, … die, mit dem Namen eines großen deutschen Schriftstellers, … ja wirklich. Dann trug es mich an das dem Ort ziemlich direkt anstoßende Ostseeufer. Wunderte es jemanden? … Gut. … Und plötzlich schwebte eine kreischende Möwe mir Sinn täuschend vor Augen, und schnell fand ich in meiner Beweisführung auch Baltische Plattmuscheln. Einiges an Strandgut konnte ich nicht zuordnen. … Schließlich schien es mir, dass meine unmittelbare Zuhörerin nicht mehr als nötig verblüfft über meine vorgetragenen Lobeshymnen war. Sie lächelte hörbar und musste wohl einen nicht wirklichen Blick auf mich gerichtet haben, als ihr mit kurzem Handsignal das bevorstehende „Aus" des Interviews signalisiert wurde. … Mutlos kann man heutzutage überall werden, dachte ich. Nun fehlte mir nur noch der ordentliche Abgang. … Und die Ausbeute? … Schließlich war angesichts weltweiter Katastrophen die zum Abschluss vorgesehene Frage, nach einem im hohen Norden regionsüblichen Ausdruck, der zu jeder Tages- und Nachtzeit passend ist, simpel. Ich muss einräumen, … Luzifer fuhr mir dennoch kurz in die Knie. … Schließlich war der offizielle Teil des Fragegesprächs mit meinem Bescheid, was auf – „Moin, Moin" hinausgelaufen war, vorüber. Ach, … es hätte auch der Möglichkeit nach ein einfaches – „Moin" sein können, dachte es mir kurz danach, und es fehlte auch nicht viel dazu. Nun, und wie auch immer, … wenige Augenblicke später kündigte meine Moderatorin den offiziellen Abspann in Form eines eigens für den Sender arrangierten Schleswig-Holstein-Songs, mit dem Titel - „Wie gern leb ich hier", an. … Sie musste sich erhoben haben, womöglich machte sie noch eine angedeutete Verbeugung, … der Höflichkeit wegen. … Die Zugnummer des Senders erklang.

Ich schaute aus dem Fenster in meinen Garten hinein. Das Telefon hielt ich trotz Leerzeichen immer noch in Anschlag. Draußen war es ungewöhnlich windig geworden, … und von einem weit entfernt stehenden Leuchtturm meinte ich den kreisenden Lichtkegel über das weite Land ziehen zu sehen.

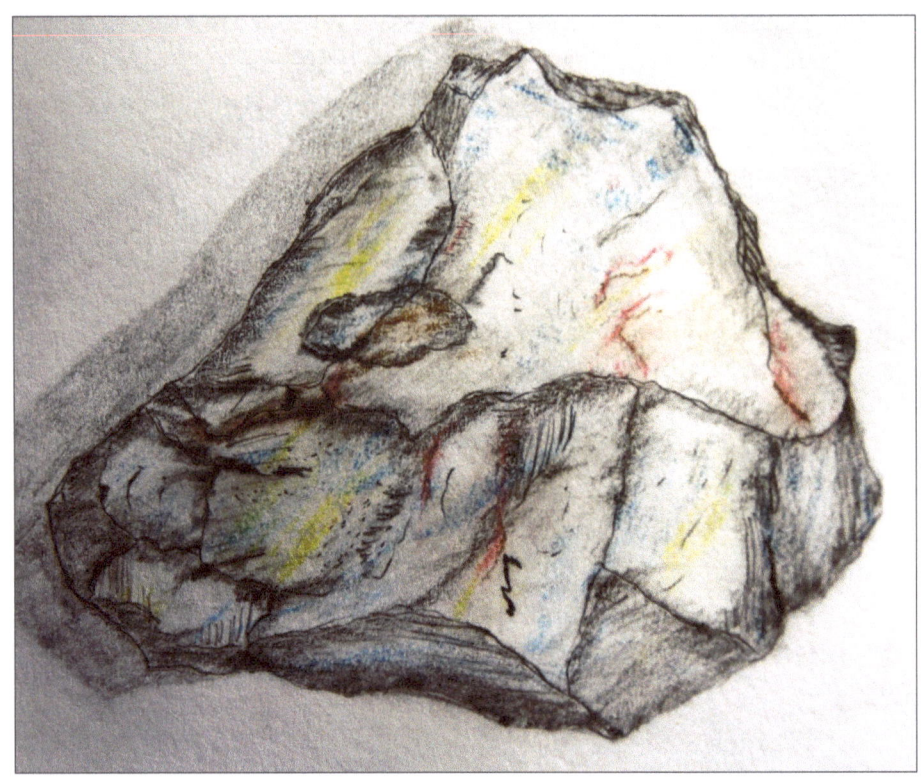

Strandgut: Gneisgranit, ... 21. September 2015

Nur die eine Möglichkeit eines fast ganz normalen Schultages

*B*itter sind oft die Zeiten des Mangels, gelegentlich auch für ältere, erfahrene Pädagogen.

Natürlich lernte ich mit den Nöten im Schulbetrieb anfangs umzugehen, musste probieren, Irrtümer einsehen, athletisch – Werte, Normen und Wissen vorturnen. Auch ergaben sich viele Gelegenheiten, als ich vom Lehrertisch aus auf die Klasse blickte. Gewiss, … es herrschte damals, … mein Gott, vor so vielen Jahren, … noch eine disziplinierte Art des Zusammenlebens, … und ja, dennoch, … dass freiheitsliebende wurde gerade auch in dieser Zeit, in der Phase meines leidenschaftlichen Aufbruchs, groß geschrieben. Soweit waren wir also schon gekommen. … Irgendwann, und mit den vergehenden Jahren, und dem dann zugenommenen Kummer als Lehrkraft, begann ich eines Tages damit, die politischen und schulinternen, neu gemachten Versuche, alles besser machen zu wollen, näher an mich heran kommen zu lassen. Es sei verflucht, … tatsächlich fürchteten die Theoriemacher der hervorgezauberten Modewellen noch nicht einmal die Enttäuschung vieler. … So war das und ist auch noch immer so.

Also, … sagen wir einfach mal, … auch ich blieb von diesem Niedergang nicht verschont. … Kurzum, ein fast ganz normaler Schultag:

Ein Novembertag, warm wie im Juni. … Zu dieser frühen Stunde würde auch diesmal keine abgesperrte Straße die Fahrt zu der Stätte meines Wirkens verhindern. Ich war mir sicher. … Jedenfalls, … das Verfahren, um zur Schule zu gelangen, erschien mir an jenem Morgen besonders befremdlich. Kein aufmunternder Pfiff ertönte, als ich die Haustür hinter mir schloss, keine motivierende Begebenheit zeigte sich auf dem kurzen Weg zur Garage, selbst dann, auf der Fahrt, kreuzte noch nicht einmal ein irrläufiger Igel meine Bahn. Ja, … und am Ziel angekommen, … selbst das sonst so klassische Bemühen einen Parkplatz vor dem Schulgebäude zu ergattern war kein Problem. … Sei frei, rief ich mir zu. … Obwohl ich das Lehrerzimmer gerade erst betreten hatte, hörte ich, wie so oft, diese und jene Fraktion tagesaktuelle Strategien abstimmen, auch tröstliches sich zusprechen. Gut, … ich ging berechnend langsam und warf einen Blick in die unruhige Runde. Rechts, nahe der Lehrerfächer, an einem hölzernen Gestell, das eine Durchschnittstopfblume mit hängendem Blattgrün trug, stand einer in halbseidener Pose. Gelegentlich straffte, richtete er sich auffällig, … ich wusste nicht warum. Der Oberstudienrat, Kollege Irgendwer, musste irgendwann die Fähigkeit fröhlich zu sein, auf den Schulfluren verloren haben, … soviel war sicher. Es hieß, wer zuvor dieser Wandlung mit ihm auf Schulausflug gewesen war, schwärmte noch lange davon. Und das Kollegium, … ja, wie gesagt, … mehrere Jahre zuvor sang man noch Shanties zusammen. Heute brachte man an Stelle dessen manchem verlassenen Hund nur halb gegrillte Hühnchenschenkel. Also, … es schien zunehmend mehr alles einer schattenhaften Veränderung unterworfen zu sein, … wie ferngesteuert. Im Gedanken trank ich ein gut schaumbekrontes, randvolles Glas Bier. Ich glaubte auch jetzt, wie so oft in den letzten Jahren, nicht mehr richtig dazu zu gehören, da nützten auch gekünstelte, schulinterne Lehrerfortbildungen mit Händchenhalten nicht viel. … Was sollte mir also noch helfen? … Schließlich führte mein Weg über unruhige Flure bis hin zum Unterrichtsraum. Kurz vor meinem Ziel kam mir eine grauhaarige Kollegin entgegen, ein leises Schluchzen hinter vorgehaltener Hand. So schnell wie sie aufgetaucht war, so flugs war sie auch schon wieder im Gewimmel der zappeligen Rekruten verschwunden. Und natürlich, … die Tür zum Klassenraum stand sperrangelweit auf, … dass würde man auch nicht mehr in den Griff bekommen. … Ja. … Schließlich ging ich hinein. Keiner der fünfzehn- bis achtzehnjährigen bemerkte mein Dazukommen. Ich sah, wie sich einige unentwegt anrempelten, aus Spaß, oder auch nicht, andere redeten laut auf andere ein, … prahlten. Einer wurde, weshalb auch immer, auf einmal richtig grantig und stieß einen noch nicht heruntergestellten Stuhl rabiat vom Tisch. Durchdringend schlug die Requisite auf den Boden auf. … Die meisten Schüler waren modisch gekleidet, und das letzte Pflichtschuljahr lag annähernd allen im Weg, das wusste ich aus Gesprächen. Welche alternative Marschroute anstelle dessen hätte eingeschlagen werden könnte, war den Betreffenden allerdings auch nicht klar. Eigentlich ein Trauerspiel, dachte ich, und auch ein rauer Nordostwind hätte keine verlässliche Änderung hervorgebracht, dessen war ich mir ebenso sicher. Auf mein Handzeichen hin und die damit verbundenen Worte, senkte sich die Lautstärke, … in etwa so, wie sich ablaufendes Wasser bemerkbar macht. Noch einmal gab ich Zeichen. Noch einmal rief ich in den Raum hinein, lauter, … sicherlich lauter. Mir wurde klar, viel konnte es hier also auch diesmal nicht ergeben. … Bevor ich mit meinem Unterricht beginnen wollte, meinte ich mich noch einmal prüfend umsehen zu müssen, … so, als suchte ich fernab dieses Ortes nach Worten. Ja, … aber ich begriff schnell, dass sich dabei keine neuen Entdeckungen auftun würden. Ich sah die Klasse vor mir und wusste, dass der Zug abgefahren war, … für mich ebenso. … Ein erneuter Versuch? Vielleicht sollte ich diesmal in Schweigen verweilen, um mir Gehör zu verschaffen. - Nein, … das wollte ich nicht, und eigentlich wollte ich auch nicht mit den Unruhestiftern, die mittlerweile aßen und aus Flaschen tranken und sich über Tische hinweg erneut aufbäumten, um abermals lautstark sich anzuprahlen, in einem Raum bleiben. Tatsächlich: Ganz hinten ließ sich sogar eine Schülerin von ihrem Nachbarn mit einem kleinen Bündel Salzstangen füttern, … Psychologen würden das als „Sexualisiertes Spiel" bezeichnen. Ich beließ es bei der einseitigen Bedrohung. … Schlussum, ich fand kein ansprechendes, postmodernes Thema, dass Erfolg in Aussicht hätte stellen können. Schlicht und ergreifend, ich kam einfach nicht weiter, … und wenn man mich nach dem „Warum" gefragt hätte, wäre ich die Antwort wohl schuldig geblieben. Sicherlich, … ich hätte sagen können, dass es noch zu früh ist darüber zu sprechen, einigermaßen unbeschadet käme ich dann davon, aber …, - ach, … schon wieder ein „aber"!

Obwohl erst die dreißigste Unterrichtsminute anschlug, machte ich mich schon innerlich auf den Weg.

Schließlich musste ich vor der Klasse lachen. Aber dann fiel mir auf, das ich ganz schön dumm dastand. Genauso stellte ich mir einen Verrückten vor oder zumindest einen extremen Außenseiter. … Das könnte man doch eigentlich gegen mich verwenden, sagte ich mir leise vor, und am Ende würde man mich noch des Waffenbesitzes im Dienst bezichtigen; – Fahrtenmesser mit Blutrinne, obwohl ich an diesem Tag nur einen Gummi-dolch in meiner Schultasche mitführte. ...

Ja, ... und nun? Jetzt meinte ich, dass der Augenblick gekommen sei sich stillschweigend von diesem Ort zu entfernen.

Die Augen taten mir weh. Und tatsächlich, ... niemand schien es zu be-merken.

Umpflanzung

In Ernest Hemingways Geschichte „Paris, ein Fest fürs Leben", schreibt der Autor auf einer der ersten Seiten von − „... sich Umpflanzen", und dass es für Menschen ebenso notwendig sei wie für andere wachsende Dinge. Zwar wusste ich, dass dieser Kerngedanke aus einem etwas anderen Blickwinkel heraus, als das von mir angedachte, zu sehen war, doch wollte ich das auch so auf mich beziehen, ... umsomehr, da das vor mir stehende Ereignis durchaus ohne weiteren, großen Fischzug einzuwiegen war.

Geschichten also, in denen es um Umpflanzung, wie in meinem Fall, einem gewünschten Umzug in den Hohen Norden Deutschlands, nun, ... nach meiner Pensionierung also geht, müssten eigentlich Frohstimmen, so dachte ich. Also, ... um das mal so zu sagen, ... obwohl anstandslos aus freien Stücken, und dem seit Jahren gehegten, inneren Wunsch heraus, und säumig genug, so kam mir der Gedanke nun doch daran mit näher anrückendem Vorgang tatsächlich herber vor als erwartet. Wie gesagt, ... manche würden an meiner Stelle vielleicht immer mehr Durst danach verspüren und Champanier trinken, ... ich hingegen neigte zur Beunruhigung. Natürlich wünschte ich meine Lebens-Geschichte nach dem dann hinter mir liegenden, reichlich betörenden Berufsleben gut fortgeschrieben, aber auch in demselben Maße wollte ich diese Fortführung schreibsicher und ohne größere, eventuell anliegende Schwierigkeit bewerkstelligen. Ja, ... und scheinbar aus meiner jetzigen, zweifelnden Gegenwart heraus, versprach noch nicht einmal Stift, noch Papier, eine verlässliche, gleichwohl vorteilhafte Gewähr für das problemlose Gelingen des Anliegens. ... Gut, so war das.

Ich muss unbedingt zu Ende denken, dachte ich nun an einem zufälligen Morgen und ich versuchte mich kurzerhand den Fluss hinauf zu träumen, bis hin zur Mündung, ... zu meinem neuen Ziel, meiner neuen, guten Insel. Wenn aber der falsche Frühling kam, was dann? ... Auch schienen einige Menschen mein bevorstehendes Abenteuer verderben zu wollen,

… warum war mir schleierhaft. Nein, … ich wollte mich nicht in Spekulationen verlieren. Natürlich hatte ich mich schon oft gefragt, ob lebensbejahende Wünsche einfach so, und sinnvoll dazu, beiseite gelegt werden konnten, … manchmal, vielleicht auch aus bestimmten Beweggründen heraus, aber ich dachte auch, vermutlich nur, wenn man unvernünftig wäre. … Ja. … Mir fiel nun ein, dass ich die hiesige Tageszeitung, … die, die ich schon lange kannte, schon ewig und drei Tage nicht mehr gelesen hatte. Natürlich, … ich hätte mich zu Fuß oder mit dem Fahrrad zum Kiosk bringen können, aber ich nahm den Wagen. Ich merkte, dass ich mich in meinem Geburtsort, … in meiner bald zurückgelassenen Stadt, wie ein Außenseiter vorkam. … Mörder morden mit dem Messer leise. … Auch das wusste ich. Wie kam ich nur darauf? … Gewiss, … lässig legte ich mir zurecht, dass die Umzugskartons rechtzeitig besorgt werden mussten. … Gut, … hoffentlich hatte niemand die Buchstaben aus meiner Zeitung herausgeschnitten. Wieder daheim las ich zuerst den Regionalteil, dabei trank ich einen guten Rotwein. Einige prächtige Verbrechen, die offensichtlich heruntergespielt waren und ohne große Konsequenzen für die Täter wieder einmal ausgehen würden, kamen mir wie Fortsetzungsromane vor. Ich blätterte weiter, doch viel mehr an Lesevergnügen kam auch mit dem nachstehenden Überfliegen des Blattes nicht auf. Also mal wieder nichts Neues von der Front, dachte ich. Natürlich, … viel lieber hätte ich in einer Kaffee-Bar gesessen und die Flensburger gelesen, auch Leute dabei beobachtet, aber das war noch nicht möglich, … nicht hier. Ich musste mich noch begnügen. Ich sagte mir inwendig, dass es nur noch neun Monate so weitergehen würde. Nichts ist einfach, kam mir noch hinzu, und nicht einmal das Wenigste, oder das Richtige oder Falsche, oder selbst das Atmen ist wirklich übersichtlich. … Mittlerweile fielen die Mondstrahlen auf den Rasen meines Gartens, die Tannen brannten schwarze Löcher auf das Areal. Mit blasser Tusche ausgemalte Kinder sah ich hinter den mir vorgestellten Garagen, und mit Brenngläsern sich versuchen, Zigaretten der Marke „Ernte 23" anzünden, eher den Tabak verkohlen.

Es war immer noch ein Freitag. Ich saß auf dem alten, neu bezogenen Sessel, den ich von einer alten Dame vor vielen Jahren geschenkt bekommen hatte und immer noch schaute ich aus dem Wohnzimmerfenster in den Garten hinein. Rechts, ... auf der Fensterbank, lag die Weihnachtsausgabe „Sonderheft Donald Duck" daneben „Krieg und Frieden" von Leo Tolstoi. Auf dem Wohnzimmertisch hatte ich ein Prospekt über eine besondere Zigarrensorte, ... vielleicht instinktiv, liegen gelassen: „Perfecto Platinum, verströmt schon vor dem Anrauchen einen blumigen Duft. Während des Rauchens bieten sich intensive, würzig-erdige Komponenten mit einer Note von Erdnüssen und frischen Hölzern an. – Rauchen fügt Ihnen und den Menschen in Ihrer Umgebung erheblichen Schaden zu!"

Ja, ... alles wäre ganz normal, wäre da nicht die andere Seite.

Auf zwei Kännchen Tee bei Günter Grass

Ich erinnere zurück: Ich fuhr von der Kreisstraße in den etwas besseren Waldweg hinein. Als ich das tat, war es kalt und schön. … Am frühen Vormittag sollte ich also den Literaturnobelpreisträger Günter Grass daheim in seinem Atelier wiedertreffen.

Als ich auf den Vorhof des einsam gelegenen Grundstücks, das am Waldrand und genügend abseits des benachbarten Dorfes liegt, auffuhr, … tatsächlich, … kam mir alles an diesem Ort wie verzaubert vor, und ich weis bis heute nicht wie sich zugleich auf eine bestimmte und doch unerklärlichen Weise die Sinne zu schärfen begannen. Hier brauchte sich niemand zu beschweren, selbst Rotkäppchen wäre an diesem Ort sicher. Die Rättin, … ja, sie würde sicherlich einiges entgegenhalten, … das wohl. Auch war ich davon überzeugt, dass man auf diesem Stückchen Erde nicht viel Geld benötigte, um gut über die Runden zu kommen, und wenn man gelegentlich eine Mahlzeit ausließ und keine neue Kleidung brauchte, konnte man vorzüglich mit diesem speziellen Luxus hier auskommen. … Als ich aus dem Wagen stieg wehte mir das frisch gefallene Laub vor die Füße. Ich sah beim Aufblicken, wie sich das Licht dieser frühen Stunde auf dem fast kahlen Geäst der Bäume vor mir veränderte. Noch stand kein Mensch bereit mich zu empfangen, nur hinter mir, auf dem besseren Waldweg, zog ein Mann hoch zu Roß langsam seines Weges. Flüchtig schaute der Herrenreiter in meine Richtung, … so, als wäre ich Luft. Ich erinnerte mich an den Geruch von Kiefern, und an die verschiedenen Arten von Schnee, die der Wind formen kann oder Temperaturschwankungen bewirken. Dann, … nur etwas später, öffnete sich die Tür zum Atelier und das, bevor ich klopfte. Unerwarteterweise brachte sich in diesem Moment, … quasi, in diesem doch eher durchschnittlichen Atemzuge, nur etwas klassisches als Wortsalat hervor, … doch immerhin. Schließlich bat G. G. mich herein, geradlinig, wie man ihn nunmal kennt, … obwohl, ich hatte den Eindruck, dass noch irgend etwas in der Luft lag. Ich sah G. abwartend an. Etwas brachte mich durcheinander. Ich wusste nicht was. Gut, … unsere Begegnung schrieb sich dann zunächst wie von selbst. Wir fingen also nicht gleich an. G. bat noch um etwas Geduld. Mein Gastgeber schielte zu einem kleinen Tisch, der sich links von uns, in einem kleinen Raum, seiner Bibliothek, befand und machte eine hindeutende Bewegung, was darauf schließen ließ, dass ich dort Platz nehmen sollte. Schließlich wendete er sich von mir ab und verschwand geradewegs, und ohne ein weiteres Wort von sich zu geben, in eine ihm rücklings liegende, weitere Kammer. Die Vermutung lag nahe, dass das seine Künstlerwerkstatt war; … nur bruchstückhaft sah ich verdächtige Tonfiguren, die ineinander wie verknotet waren. … Es gab für mich keinen Grund unzufrieden zu sein, im Gegenteil, ich befand mich in einem sehr angenehmen, kleinen Raum. Hier war es warm und spannend. Meine Jacke hängte ich über einen Stuhl, mein Filzhut fand Platz auf dem Tisch vor mir. Ich setzte mich, nahm aus der mitgeführten Tasche meine Thermoskanne heraus, schraubte die Plastiktasse lautstark, … das ließ sich nicht vermeiden, vom Gewinde, schwenkte den Schnappverschluss vom Auslauf zur Seite, … was wiederum hören machte, und goss mir den vor nahezu vier Stunden zubereiteten grünen Tee in meine Kunststofftasse ein. Mein Gastgeber rief nun etwas aus seiner Werkstatt zu mir herüber, was ich allerdings nicht lückenlos verstand, … nur, dass Falken niemals etwas teilten, und er in wenigen Minuten eh seinen Gesundheits-Tee herüber gebracht bekommen würde und dann auch gut Zeit für uns beide wäre. Ich versuchte mich mit dem kleinen Vermerk, … den, mit dem Falken, auseinanderzusetzen. … Ja. … Zwei Bleistifte und ein daneben liegender Anspitzer auf der Ablage des Stehpults, … G. schrieb nur im Stehen, die zahlreichen Zettel mit der für mich unleserlichen Handschrift, der Geruch vom frühmorgendlichen Ausfegen, Wischen und der Odem des gebliebenen Pfeifentabaks, alles das war für mich einzigartig. Ich nahm wieder einen Schluck Tee. Schließlich glaubten meine Augen beim beiläufigen Herumschweifen nicht das zu sehen was doch zu sehen war. Ich hatte mir nie etwas aus Käfern oder ähnlichem Getier gemacht, schon gar nicht aus abgenagten Fischknochen, und ich wusste zwar, dass eine Rosskastanie und eine Hasenpfote in der rechten Tasche getragen, immer dann Glück bringt, wenn man meint die Krallen durch den Stoff spüren zu können, aber das hier wollte eine andere Bewandtnis haben, … sicherlich. Schon spukte mir der Butt mit seinem Scheelmaul in die Quere, Oscar mit seiner Trommel ins Ohr. Also gut, ... ich drehte mich nun gänzlich vom Tisch zum Fenster hin, das mir ganz und gar retour lag. ... Ich musste das unbedingt zu Ende denken, ... erneut. So war das. ... Das Denken fiel mir immer schon leichter wenn ich mich bewegte, also stieß ich mich nun doch vom Stuhl hoch und ging zum Fenster hinüber, das im Übrigen einen beachtlichen Ausblick in den unmittelbar angrenzenden Buchenwald freigab. Und ja, ... das, was sich auf der Fensterbank befand, ließ meine Fantasie um einiges mehr zuversichtlich werden. Erst später, es mochten vielleicht einige Tage vergangen sein, wusste ich, dass jede Generation immer etwas schweres und bleibendes ertragen muss, und niemand kann sich dagegen wehren. Das Schwierige war, die Bedeutung der stichelnden Dinge, die da lagen, überhaupt annähernd zu begreifen, ... vielmehr, es konnte eigentlich gar nicht möglich sein das Geringste darüber zu denken. Sicherlich, ... es hätte noch viel mehr aus dem Leben von G. G. hier liegen können, ... das zumindest durfte so festgehalten werden, aber auch konnten zweifellos nicht alle blutverkrusteten Armstümpfe an eine Schnur gehängt werden. Wenn ein Herr Matzerath jetzt schnippisch das Wort ergriffen hätte, dann täte er womöglich nun mit vollem Tablett und vielleicht in Berufskleidung von sich rufen: verschiedene Käferarten, die sich in der Größe unterscheiden, eine Hand voll Bernsteine, zwei leere Tintenfässer der Marke Pelikan Nr. 4001, zwei Lupen, die eine rund, die andere eckig, eine alte Taschenuhr, eine vielleicht weniger alte Armbanduhr, eine hoffentlich gut präparierte Ratte, ... pfui Deibel, drei Büroklammern, ein Foto, schwarz-weiß mit Mädchen, eine Porträt-Zeichnung eines älteren, honorigen Herrn, ein bunter Schmetterling und ein Hühnergott, und eine Paulchen Panther-Postkarte. ... So war das. ... Jetzt begann es heftig zu regnen. G. hatte offensichtlich gesehen oder gehört, vielleicht meldete sich auch sein Instinkt, dass die Haushälterin im Anmarsch war und knapp vor der Tür sich befinden musste, jedenfalls rief er lautstark und noch bevor sie sich durch zweimaliges Klopfen bemerkbar machen konnte: Nur herein, meine Liebe! ... Flugs und ohne mich überhaupt zu registrieren, ich hatte mich bereits wieder auf meinen Platz gesetzt, trat sie an den Tisch heran und stellte, meiner Meinung nach etwas zu resolut, ... kollernd, eine bauchige Teekanne mit dazu passender Tasse sowie Unterteller auf die mir gegenüberliegende Tischseite ab. Gewandt goss die Mamsell die bereitgestellte Tasse randvoll, … zu randvoll nach meinem Geschmack. Ich bin mir nicht mehr ganz sicher, ob noch zwei- drei Stückchen Würfelzucker folgten, oder diese in einem Schälchen auf dem Tisch abgestellt sich befanden, wahrscheinlich nicht, … wie auch immer. Schließlich schwang sie das noch in ihrer rechten Hand verbliebene, kleine Servierbrett unter ihre linke Achsel, machte eine fast militärische Kehrtwende, und zweifellos, so spritzig wie sie herein gekommen war, so geschwind machte sie sich auch schon wieder vom Acker. Aus der Teetasse heraus dampfte es ansehnlich. … Ob ich das wirklich wollte? Ich neigte mich nun mit dem Oberkörper, so weit es ging, über den Tisch. Bislang hatte ich gedacht, dass man so etwas nicht machte, aber ich tat es. Als unmittelbar darauf G. aus seiner Werkstatt kam, nahm ich zunächst an, dass er nur danach strebte sich auf den Korridor hinaus, wo doch eben noch seine Haushälterin die Tür hinter sich geschlossen hatte, zu bringen, wenn es hoch kam, vielleicht einen Schluck Tee zu nehmen bereit war, allenfalls eine kurze Anrede an mich zu richten gedachte, doch so war es nicht. Also, … ich hielt mich zurück. Ich wartete ab. … Gut, … ich war nun doch nur wenig überrascht, als mein Gastgeber sich für mein Warten entschuldigte und sich zu mir an den Tisch setzte. … G. musste zufrieden mit seiner vorerst beendeten Arbeit sein, das sah ich. Noch bevor G. dazu ansetzte einen ersten Schluck Tee zu sich zu nehmen, gab er zu verstehen, dass auch mich das nicht kalt lassen würde, da unbeendete Arbeit am Ton seiner „Tanzenden Paare", wie in diesem Fall also, nicht mehr vernünftig nachzuholen dann wäre. Seltsam, dachte ich, wie G. das zu mir sagt. Das konnte nicht nur allein an mich gerichtet sein, sondern gleichfalls mit grundsätzlichem versehen, an mehrere Winkel, … mehrere Adressaten. Noch einmal also bediente ein Fabelwesen die Ratsche. … Ja, … und alles nahm seinen Lauf.

Leider erinnere ich mich nicht mehr an alle Einzelheiten dieser in die Wege leitenden Geschichte zurück, eher schon an unser darauffolgendes, sehr langes Gespräch, … und als wir am späten Nachmittag uns trennten, war es sehr wahrscheinlich, dass alle Apotheken bereits geschlossen hatten. ...

Es gäbe also noch viel mehr über unser Zusammentreffen zu berichten, und ich schrieb auch schon darüber in meiner stillen Kammer und habe es nun doch verworfen.

Strandgut: Altes Holz, … 13. Januar 2016

Schau dich ruhig um

*A*n diesem Tag, im Januar, dachte ich etwas mehr zurück, und es war wie ein Zaubertrick. ...

Das erste, was ich entdeckte, war ich selbst. Jahrzehnte zurückgeschaut, sah ich mich mit einem brennenden Zippstreifen fingerspitzig hantieren. Grazil und doch deutlich genug stieg an der Abseite des Schnipsels eine zappelnde Rußfahne empor. ... Welchen Wochentag sollte ich diesem Bild zuschreiben? - Montag? Dienstag? Welcher Monat rief sich zurück? Welches Jahr? Mein zurückgedachtes „Ich" stand dicht am Ölofen, aus heutiger Sicht etwas zu nah. Ich bin mir sicher, ... meine Hand sank vorsichtig mit dem brennenden Anzünder in das gusseiserne Rohr hinein, annähernd bis auf halbe Armlänge. Ich starrte in die Senkgrube als der brennende Zipfel auf Grund fiel, auf eine schüttere Lache Heizöl sich niederließ. Genau richtig, dachte ich in meinem Tagtraum, zu viel Heizöl ertränkt den Anzünder. Dummerweise verreckten jede Woche mehrere Zippstreifen im Überangebot. Gut, ... ich genoss den Gestank des Heizöls wenn sich eine leichte Wärme auftat. ... Vorweihnachtlicher Schnee fiel mir jetzt überaus gegenständlich vor Augen. Tatsächlich? Schon wieder Weihnachten? ... Ich hätte noch einmal genauer Nachdenken können wann das in etwa war, aber das würde jetzt nur stören.

Die steile Treppe, der darauffolgende enge Flur, der Schlosspark, den man sich auf der letzten Lebens-Strecke und dann bis in die kleinste Ecke geordnet wünscht, lag unübersichtlich auf eine dubiose Machart vor mir. Gleichwohl, ... jetzt stand ich kurz davor mich zumindest einigermaßen gut an wirklich gelebten Jahren schätzen zu können. Doch meinte ich heimlich, ... so oder so, dass man immer daneben liegt. So ein Denkmal, das kam mir noch hinzu, nimmt ziemlich viel Platz weg. ...

Ich wusste, als Betrachter meines Traums, dass meine Eltern bereits vor mehr als einer halben Stunde zur Arbeit gegangen waren. ... Wer gab mir den Rat umzuschalten? ... Schließlich drehte ich mich im Bett auf die andere Seite und krümmte mich in kurzen Abständen immer etwas mehr zusammen. Es war still in meinem Kinderzimmer. Vielleicht zu still. Aber darauf kam ich damals nicht. … Querverweise machten es möglich: Ich sah Onkel Dagoberts begehbaren Tresor und die Panzerknacker in seinem furchtsamen Rücken. Niemals würden sie Ruhe geben. Donald mit seinen Neffen Tick, Trick und Track und den güldenen Wasserfall, der, solange die Geschichte andauerte, Hoffnung schürte. … Alles Fluchtpläne, die mir damals gut in den Schlaf halfen. Doch wollte ich trotz allem nicht auffallen. … Da gab es noch Professor Heinz Haber und die unermessliche Weite des Weltraums. Doktor Grzimek mochte ich nicht. Vielleicht, weil sich Tiermörder nicht in meinem Kinderzimmer aufhalten sollten. Obwohl, notfalls hätte ich auch in das Schlafzimmer meiner Eltern flüchten können. Und ja, … einen Schwalbenschwanzlenker an meinem Fahrrad hätte ich gern gehabt, auch eine Sturmklingel, aber das sollte mir verwehrt bleiben. Sammelbriefmarken, die abgestempelt waren, hatten an Wert verloren. Aber warum eigentlich? Und, wie sollte ich mein neues Briefmarkenalbum ordnen? Die John F. Kennedy Briefmarke mochte ich sehr. Sicherlich, … es musste auch Dinge geben die zurückgedacht nicht stimmten oder zumindest nicht ganz. Möglicherweise blieben vergangene, frühe Ereignisse nur deswegen knapp hinter der Stirn, und nicht richtig im Kopf, weil das nun mal so ist. … Jetzt schwebte ein Schuhkarton mir vor, mit nach innen ausgefransten Luftlöchern, … kugelschreibergroß. Kann ein Hamster einen Kartondeckel zum Kippen bringen? Das wäre durchaus eklig. Aber vielleicht war das alles auch nur ein Witz. Ich konnte mich von diesem Bild nicht losreißen. Doch war diese Aufnahme besser als die Vorstellung an Vaters Musiktruhe und Willy Schneiders tränenrührende Lieder – „Man müsste noch mal zwanzig sein", oder, - „Ach, ich hab sie ja nur auf die Schulter geküsst". „Mainz bleibt Mainz, wie es singt und lacht", eine alljährliche, wohl angenehme Pflichtübung meiner Eltern, fand ich natürlich langweilig, … und eigentlich immer noch. Unser Hausarzt Dr. Mirsch schrieb mich irgendwann auch mal für eine Woche krank, … und das es nicht so schlimm sei wie es sich anfühlt, sagte er zu mir beim Hinausgehen. Er war mit Frau Dr. Mirsch verheiratet, die aber eigentlich nicht Doktor war, darüber sprach man aber nicht. … Ach, dieser unbestreitbare Vorzug wenn man Idole hat. Ganz gewiss wollte ich mir den Suppenlöffel von Knorr mit der eingravierten Unterschrift von Franz Beckenbauer bestellen. Ich bin mir nicht ganz sicher, vielleicht rauchte ich damals gelegentlich und heimlich Zigarillos. Ach du lieber Gott, … dicker Reis, Milchsuppe, Sirup- und Zuckerbrot. Nein, … das liegt zu weit zurück. … Der Sarotti-Mohr sprang, während ich immer noch auf der Seite in meinem Klappbett lag, mir ins Gesicht. … Ja. … Jetzt erinnere ich mich sehr genau: ich ging im Gedanken die alte Stadtmauer entlang und suchte die Fugenlücke in der ich meine Zigarettenschachtel der Marke Reyno versteckt hatte. Es regnete und mir war kalt. …

So war das. … Nur durch meine fast zugewachsene Mauerritze konnte ich vorsichtig diese Ausschnitte mit den für sich stehenden Begebenheiten sehen. … Mit alledem musste ich also auskommen. Eine schon lange vergangene Zeit ist das, dachte ich. …

Erst viel später fiel mir das vierblättrige Kleeblatt ein, das meine Mutter mir irgendwann in die Hand gelegt hatte.

Im Café

Ich kam niemals zu einem festgelegten Tag oder einer bestimmten Zeit. Man konnte mich gelegentlich am frühen Morgen, mitunter nachmittags antreffen.

Es war das Café, das den besten Milchkaffee weit und breit machte. Gewiss, … mir wäre auch ein anderer Flecken recht gewesen. Grundsätzlich hätte es genügt in eine der zahlreichen Markthallen Hamburgs zu gehen, um den Gesprächen der Anderen zu lauschen, aber ich hatte auch hier an diesem Ort das Gefühl mich in einem anderen Kosmos zu befinden. … Hier also: Ich ließ beim Betreten des Cafés die bereits zahlreichen, anwesenden Besucher gleichgültig in ihre Tassen schauen. Sicher, … manche würden sich noch ein kleines Fläschchen Mineralwasser hinzubestellen, … später, ich hatte im Laufe der Zeit einen Blick dafür bekommen. Andere rangen bereits damit sich ein zweites Stück Sahnetorte vorzustellen. … Mir war schon klar, dass ich mir diesen ersten filigranen Eindruck verbieten musste, sollte mein Vorhaben gelingen. Ich schritt also straff nach ganz hinten, … so, als suchte ich dringend Zuflucht. An einem Zweipersonentisch pellte ich mich aus meinem Anorak und hang diesen über den Nachbarstuhl. Meine Schiffermütze, Kenner würden diese Kopfbedeckung als Fleetkieker identifizieren können, legte ich vor mir auf den Tisch ab. Ich rückte meinen Stuhl zurecht und nahm darauf Platz. Es gab hier keine Garantie, doch durfte ich damit rechnen, dass sich baldigst ein Serviermädchen mir nähern würde, … ich mochte diese Bezeichnung. Zwar konnte meine Annahme auch diesmal auf wackligen Beinen stehen und vielleicht auch etwas eigenartig sein, doch begnügte ich mich gänzlich mit dieser Theorie. … Nur wenig weiter nahm ich einen scharfen Schluck. Ich achtete auf die mir hier bekannte Süße des Milchkaffees. Ja. … Kurz danach war ich weniger ergriffen von meinem eigentlichen Vorhaben, ein immer wieder eintretendes Kuriosum, das ich schon kannte. … Je weiter die Minuten sich voranmachten, umso mehr wurde es hier wie zu einem Treffpunkt für diejenigen, die sich etwas außerhalb der Reihe stehendes zu sagen hatten oder für jene, die eine Antwort auf noch nicht gelöstes suchten. Das Personal dieses Cafés schien sich über nichts zu wundern, ignorierte sogar die eine oder andere Ungewöhnlichkeit. Ein Passant, der von draußen einen flüchtigen Blick hineingeworfen hatte, runzelte für einen Augenblick die Stirn. Mochte er, … sagen wir, die Anwesenden als Altstudenten oder sonstiges Außenseitervolk identifiziert haben? Doch hätte der Zaungast rasch seine Meinung geändert wenn er hereingekommen wäre. … Und alles übrige? Dort drüben, die Brünette in der abgetragenen Wildlederjacke am Katzentisch, um die Fünfzig? Ich erinnere mich an die langen, … klarer Fall, künstlichen Fingernägel, die sich, … ich weis nicht wie, in die Getränkekarte krallten. Ich fragte mich, ob sie einer regelmäßigen Arbeit nachging. Was machte ihr Mann beruflich? Hatte sie Kinder? In Wien, London, Paris? Jetzt gab sie ihre Bestellung auf; … also einen Cappuccino. Mir war, als wenn ein gewisser Zuschnitt von Rührung bei ihr jetzt aufflammte, … ganz plötzlich. … Das Café, in dem ich saß, ist nicht prächtig noch außergewöhnlich spektakulär, es ist tatsächlich viel bescheidener als manches Andere in dieser durchschnittlichen Stadt, doch wer genauer hinsah, erkannte besondere Insignien die größeres ausmachte. … Er war ein gepflegter Mann, etwas älter als ich, und in Begleitung einer ebenso gut aussehenden, noch etwas älteren Frau. Ich meinte dieses Paar schon oft hier gesehen zu haben. Ein Geheimnis schien beide zu umwehen und ich dachte unwillentlich sogar schon an das Mörderpaar „Bonny and Clyde". Obwohl meiner halbwegs unauffälligen Anwesenheit nahm ich ein Augenzwinkern der Beiden entgegen. Ja, … eine Weile beunruhigte mich das schon. … Gut. … Klar. … Ich sah Gäste eintreten. Sicher, ich sah andere diese Lokalität verlassen. Aber auch sah ich einen schwerfälligen Pudel, auch einen hyperaktiven Rauhaardackel. Ein Doktor, er ließ sich vom Personal so ansprechen, welcher Fakultät er angehörte blieb mir verschlossen, interessierte sich auffallend für den Pudel und sprach das Tier, das unter dem Nachbartisch zwischen Schuhsohlen Platz gefunden hatte, durch mehrere langgezogene Zungenschnalzer an, was unmittelbar darauf zum Schwanzwedeln führte. … Ach, … weiter hinten, rückten vier stämmige Frauen zwei kleine Tische zusammen und nur mühsam konnte ich einen Lachanfall unterdrücken, als eine der Frauen dabei auf ihren hohen Schuhen das Gleichgewicht verlor. Gerade noch fing sie sich an einem in der unmittelbaren Nähe stehenden Beistelltisch ab, was dann aber wiederum dazu führte, dass das darauf noch nicht entfernte Kaffeegeschirr sich polternd verabschiedete. Zwei Bilder in einem Umschlag: rechts drei wiehernde Frauen, links eine Betroffene. Ich ließ die Bilder vorbeigehen. ... Und weiter? Ich meinte, die beiden Männer, die gerade hereingekommen waren und sich schnell einen Tisch gesichert hatten, verdienten nicht das Prädikat bescheidener Menschen. Sie hätten vielleicht eine weniger genügsame Stätte verdient, eine mit noch durchgeknallteren Gästen, ... vielleicht. So gaben sie sich wie Marschälle, hochgestellte Sonnenbrillenträger in Cowboystiefeln und gegenseitig gemachter Nachdenklichkeit im Gesicht. Und während mein Blick ungeachtet dessen weiter nach links schwenkte, rechts neben mir nun ein Paar mittleren Alters sich platzierte, konnte ich kurz darauf von den neu Hinzugekommenen ohne große Mühe von deren allergieauslösenden Hustensäften hören, bekam mit, dass der Sohn, trotz Fünfer- und Sechserzeugnis, einen sehr gut bezahlten Job bei einem bekannten Fahrzeughersteller als Testfahrer bekommen hatte. Ich hätte dem Paar gern etwas Angst eingejagt, schließlich fuhren auch Testfahrer in der Regel oft im allgemeinen Straßenverkehr, ließ es aber bleiben. Gelegentlich wechselte die Tonart des besagten Paares und ging in ein verbales Gebalze über. Fragen traten ans Licht, ... solche, die nach dem gegenseitigen Befinden fragen. Offensichtlich war, dass den beiden das Kichern sehr nahe lag, wobei der Mann zuweilen ein wenig sich besorgt gab. Schließlich merkte ich, dass sich dieser Ernst auch ein bisschen auf mich übertrug. Zugegeben, ... eigentlich war es mir etwas peinlich das Geplänkel mitzubekommen. Und das Ganze sollte sich bei einem bodenständigen Ehepaar abgespielt haben? Mir kamen schon Zweifel. ... Ein junges Serviermädchen, ... ja, mit Piroschazöpfchen, trat jetzt an mich heran und fragte, ob ich mit meinem Milchkaffee, der mittlerweile ins Kalte übergegangen war, zufrieden sei. Ich bestellte noch eine heiße, weiße Schokolade. Nun, ... dazu bekam ich in diesem Café jetzt auch noch afrikanische Klänge als Hintergrundmusik zu hören. Mein Bedürfnis dahin gehend hielt sich aber in Grenzen. Gab es dafür keinen Eintrag ins Strafregister? Doch, wie sich manches so zuträgt, erhöhte sich mit dieser regionalunüblichen Mucke auch sogleich der durcheinanderwirbelnde Plauschspiegel durch die anwesenden Gäste. … Seltsam, dass Gehen schien ihm schwer zu fallen. Ein Mann, so um die vierzig, dass schon graue Haar im Bürstenschnitt, ganz in Schwarz gekleidet und mit stechend gelben Sportschuhen, betrat nun die Lokalität. Kurz nachdem er sich an den letzten freien Tisch gesetzt hatte, schüttelte der Neuankömmling unerwartet und betont den Kopf, stand wieder auf und kam direkten Weges auf mich zu. In mir wurden wiederholt Zweifel wach. Ob das alles mit rechten Dingen zuging? Nun, … an meinem Tisch angelangt, beugte sich der Betreffende jäh und deutlich angestrengt über meinen Tisch und sprach mit beschlagener Stimme davon, dass er sich bereits vor drei Tagen in seiner Wohnung, die sich in der anstößigen Nordstadt befand, erhängt hatte. … Große Augen machte ich wohl, und als sich von diesem Augenblick an eine flüchtige Lücke bei mir auftat, ein weißer Fleck von weniger als drei Sekunden, so war der Unbekannte auch schon wieder verschwunden. … Ja. … Mein heutiges Hiersein schien zunehmend mehr von einer nicht erklärbaren Fremdartigkeit befallen zu sein. … Immer noch hier, … jetzt, unmittelbar vor dem Café, marschierte nun ein Doppelgespann städtischer Knöllchenverteilerinnen auf, doch die Ausbeute würde heute mager ausfallen, das wusste ich auf eine mir nicht einleuchtenden Weise, und alle in dieser Stadt lebenden könnten diese Festlegung augenblicklich bestätigen oder widerrufen, aber damit rechnete ich nicht. … Gut. … Ich drückte meine Brille näher ans Gesicht, griff zu meiner Geldbörse und schob nach einigem Abwägen einen Geldschein, … sagen wir, einen Zehner, unter die Kaffeetasse.

Langsam und wie auf Schleichwegen ging ich zum Ausgang. Ich war mir sicher, dass niemand mein Verschwinden bemerken würde.

Kirchgang

Ich muss auch von meiner Mühsal erzählen, von der Mühsal mit Gottesdiensten.

Ich will mal so sagen, … seit vielen Jahrzehnten, wenn ich die kurze Spanne meiner Konfirmationszeit einfach mal so weglasse, ich war durchaus ein ordentlicher Konfirmand, ist mein schwärmerisches Verhältnis zu Gottesdiensten eher etwas gestört als das Gegenteil davon. Natürlich, … später, … irgendwann, … ja durchaus, habe ich manche Minute darüber nachgedacht, kam aber nicht über die handelsüblichen Alltage hinweg damit klar. Vieles legt man im Lebensbetrieb schnell beiseite, … obwohl ohne wirkliche Absicht. Naja, … wie das nun mal so ist und bei anderen Menschen wohl auch so in Erscheinung tritt. Schlussum, … ich kam in Anbetracht dessen zu keinem schlüssigen Ergebnis, somit zu keiner wirklichen Korrektur meiner Denkweise. … Eben! … Doch im etwas reiferen Lebensalter fragte ich mich zunehmend mehr, ob die über jahrzehnte, ichbefangene- und gehegte Zäsur, was das anging, wirklich noch zählen durfte. … Ja. … Und wenn doch wesenhaft jeden Sonntag, und manches Mal auch darüber hinaus, eine christliche Feinheit, und das verbunden mit einem bestimmten, klassischen Ritual passierte, … sozusagen, regelmäßig über die Bühne ging, müsste nicht doch auch wirklich mehr dahinter stecken? … Nun, was gilt dein Kummer, sagte ich mir schließlich angesichts der denkbar höheren Ordnung, … mach dich ans Werk! Es half also nichts. Stark klopfte mein spät gekommenes Trachten nach einem letzten Versuch; … einer letzten Probe, auch was mein alterprobtes, etwas leck geschlagenes Konfirmations-Gesangbuch betraf. Gewiss, … schon sah ich kaffeesatzlesendes Volk, gefasste Befremdung, auch Milde gegenüber meinem Vorhaben, jedoch hatte ich mich dahin gehend bleibend festgenagelt. Und eins war klar: der Besuch eines Gottesdienstes widersprach keineswegs guten Geflogenheiten, wohl eher im Gegenteil.

Also, … nach einem ausgiebigen Sonntagsfrühstück befand ich mich auf dem Weg zum Gotteshaus, und das rufende Läuten der Turmglocken zeugte von vorsorglicher Zustimmung. ... Gut. ... Ohne mich auf die Minute vorher festgelegt zu haben, betrat ich das Kirchengebäude. Gleich am Eingangsportal fand die Begrüßung durch eine Person statt, die ich nicht kannte und die sich mir auch nicht vorstellte, ... sicherlich ein führendes Mitglied der Kirchengemeinde, so dachte ich. Flugs hielt die Dame mir ein Gesangbuch unter die Nase, und obwohl ich, ... zugegeben, mit etwas kurzlebiger Verzögerung, mein persönliches Liederwerk durch Hochzeigen kundtat, gab sie sich etwas schwer dieses zu bemerken. Geradezu unspektakulär, ... ich wusste nicht warum, kam mir darauf der hochwüchsige Hauptraum vor, ausdruckslos die genauso in Erinnerung gebliebenen, harten und ergonomisch unmöglichen Sitzbänke. Ich setzte mich in eine der vordersten Reihen. ... Ja, ... Ich will mal so sagen, ... gemessen an der anerkennenswerten Raumgröße hielt sich die Zahl an Besuchern in gut überschaubaren Dimensionen. Dann, ... einige Zeit war vergangen, trat der Pastor aus einer Nebentür, nahe des Altars, bescheiden hervor. Mir schien, dass er kurz einen flüchtigen Blick auf mich warf und sich dabei fragte, ob ich mit dem schlichten Angebot am Ende einverstanden sein würde. Wie kam ich nur darauf? Abgemacht, ... schweigend blieben wir. ... Gedanken kreisen immer, niemand wird je dieser Anforderung entgehen können: Mit, ... ich sag mal, zurückschauendem Blick, schraubte sich der von John Lennon geschriebene Hit „Help" in mir hoch. Was für ein Song, sagte ich mir inwendig. Schade das der Drogenkonsum bei ihm gerade in der Phase dieses Welterfolgs zunahm und daraus sich eine mittelprächtige Depression einstellte. ... Widerstandslos bemerkte ich nun das einleitende Orgelstück. ... Mein Gott, die Geiselnahme 72 von München und das darauf folgende Olympia-Attentat. Siebzehn Menschen kamen dabei ums Leben. ... Lieber Gott, mit welcher Kraft alte Schnitten immer wieder aufs Neue geschmiert werden konnten. ... Der Pastor ließ es sich nicht nehmen, die anwesenden Kirchgänger herzlich zu begrüßen, kräftig, mit starken Worten. Dann der Wink auf die angeschlagene Liednummer. Irgendwie bejahte ich das. Warum auch nicht. Ich hatte nichts zu verbergen. Doch hatte ich das zu früh begrüßt. Kaum zurückgelehnt und die angebrachte Nummer in meinem Gesangbuch mühsam gesucht, die Seite adrett ganz und gar aufgeschlagen, kam mir doch glatt Unglaube entgegengeschwappt, ein kaum begehbarer Bergkamm, bedeckt mit vertrackten Fragezeichen. Ich hielt mein Liederbuch mir exakt mittig vor. Wie soll ich sagen, … Tatsache war, dass das schon eingesetzte, vorsichtige Trillern der Anwesenden, selbstverständlich hörte man den Pastor deutlich heraus, nicht mit meinem Buch zu vereinbaren war, … echt. Und ja, … was für eine vorausahnende Vermutung, … auch die restliche Füllung zwischen meinen Buchdeckeln durfte sich wohl, … es war, wie gesagt, nur ein Gedanke, nicht mehr der heutigen Sachlage entsprechend zeigen. Musste ich das wirklich so in mein Aufgabenheft schreiben? … Was sagt man sich dann? Sollte die Lehre dieses Auftritts tatsächlich ohne korrigierendes Urteil berechtigt bleiben? Und überhaupt, wie ging man damit um eventuell entdeckt zu werden? … Das alles sagte ich mir. Fest stand, dass meine öffentliche Aufführung, da gab es keinen Zweifel, weniger ergriffen ausfallen musste. Nun, … so ziemlich am Schluss des Liedes, … immerhin, schwang ich mich trotzig und taumelnd gegen eingebildete Beobachter mit meinem Dazutun in den Gesang ein. Ja, … mutlos konnte man also auch an diesem Ort hier werden. … Ich hatte mir gewünscht, an diesem Sonntag eine Erleuchtung zu erfahren, aber dass ich mich wie auf einer Rutschbahn dabei fühlen sollte, war nicht abgemacht. … Ich schaute mich um, ich lauschte und saß, während das kirchliche Ritual seinen weiteren Ablauf nahm. Nun, … während der Predigt bekam ich aus der räumlichen Ferne mit, dass im Ort erneut ein Geschäft zugemacht hatte, und dass das nicht gutgeheißen wurde. Ich beäugte dabei verlegen mein Gesangbuch, schlug etwas planlos in diesem herum und fragte es verträumt ab. Sollte es nicht andere Mittel und Wege geben? … Das erste „Lustige Taschenbuch" in der Reihe der Disney-Comichefte hieß „Der Kolumbusfalter" und erschien 1967. … Meine Erinnerungskultur zu dieser Minute fand ich doch ziemlich eigenartig. … Erneut wurde auf ein Kirchenlied hingewiesen. Eine banale Botschaft wurde aufs Neue an die hier Anwesenden gebracht. Die Durchsage musste für mich demnach lauten: Pass dich an! Ich fühlte mich verzückt und zugleich geblendet von meiner Bereitschaft ins kindlich Absurde abzudriften. Das ich mich so zur Eingliederung rief musste mir zwangsläufig neu sein. In allem kann man eine Geste, ein Mienenspiel fertig bringen, das wusste ich selbstverständlich. Also, … mit demütiger Krümmung der Halswirbelsäule und, … zugegeben, etwas zeitverzögertem, tonlosem Lippengang, tendierte ich hoffentlich genug zur Rechtschaffenheit. Schließlich ertönte die warnende Stimme der Pastors, … für mich etwas zu sehr unmittelbar nach dem Gesang, und versah plakativ handelsübliche Lebenswege mit bedeutenden, christlichen Knotenpunkten, … solche, die die gütige Gerechtigkeit heraufbeschwören sollte. Ja, … ab und an, und das mit großer und nicht umgehbarer Gewissheit, so wurde den Kirchgängern prophezeit, dürften auch unangenehme Prüfungen in Form von Fallstricken uns allen begegnen, klebrige Schnüre, die das Herz belasteten und daher den Glauben, was dann aber wiederum, … gottseidank, die Hoffnung schüren dürfte. Mir kamen Bilder von gezuckerten Hügellandschaften ins Bild, Mürbeteig, mit Eiskristallen durchwachsene Sahne. Niemand schien das Gesagte in Zweifel zu ziehen, kein Anstoß daran machte sich in den Gesichtern breit, oder war das Mitgeteilte eigentlich allen egal? … Eine ältere Dame, in der Ferne des Raumes, dass meinte ich nun doch noch heraussehen zu können, atmete mühsam aus und legte ihren Kopf, offenbar durch eine herbeigeeilte, plötzliche Erschöpfung, vorgebeugt auf ihre zu Fäusten geballten Hände ab. Ach, … ich hingegen lehnte mich zurück. Wie viele Schichten des hiesigen Daseins würden zu dieser Stunde wohl noch zutage getragen? … Worauf hatte meine Hoffnung nur beruht? Auf leichtfertiges, selbst gemachtes Versprechen? … Glaube dir, sagte ich mir aufs Neue, vielleicht steckt doch mehr dahinter als dir im Moment in den Kopf kommt. Kein verfluchter Anker wird für immer halten, und wünschenswert wäre, ohne Groll dann von hier zu verschwinden. Ja, … das kam mir nachgerückt noch in den Sinn. Es gab also noch manches zu tun. … Schließlich fand ich derweil keine weitere Möglichkeit des Widerrufs. Genau genommen spürte ich nichts anderes als die Chance eines erneuten Versuchs, … irgendwann.

Nach dem kirchlichen Abgesang brach auch ich auf. So oder so wachsam gewordene Gesichter schoben sich nun an den Sitzbänken vorbei. Am Portal fanden sie noch einmal kurzen Halt. Auch für mich begann sich der vorübergehende Stop abzuzeichnen. In einer freundlichen und weichen Weise reichte mir der Gemeindepastor die Hand, ein wohlwollendes, etwas zögerndes Zunicken folgte, … vielleicht war er meinen Gedanken sogar etwas voraus. … Schließlich schwankte ich wortlos heimwärts.

Auf dem Weg: Nimm dir ein Stöckchen, ritz dir deinen Namen hinein und wirf es dort hin, wo es keiner findet. … Ja, … wer heutzutage eine Kneifzange fasste, und Ansprüche an sich selbst, aber auch an Andere stellte, der durfte, ob wohl oder übel, damit rechnen, dass er am Abend diese Mastsau mit Unkosten versehen selbst schlachten musste. Das dachte ich, … ja, … und: Von mir aus! Wir werden das demnächst erneut versuchen.

Da muss doch noch mehr dahinter stecken!

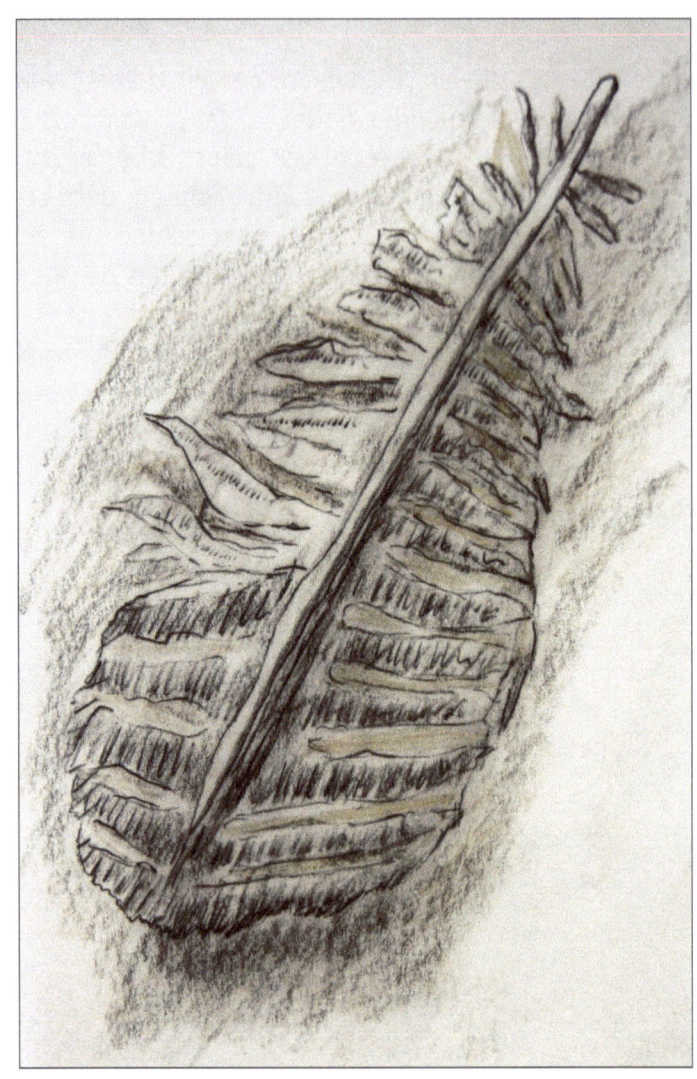

Strandgut: Federleicht, … 16. Januar 2016

An meiner Ostsee

*K*aum stand ich vor der unendlichen Weite der Ostsee, begann ich mir auszumalen was tief unten im Verborgenen sich alles befinden könnte. … Du meine Güte! Die Welt erklären, wie einfach erschien es mir an diesem klaren, guten Morgen. Und wenn es plötzlich zurückwich, dass Meer, und alles frei gäbe, was je darin verschlungen, welche Geheimnisse täten sich dann auf?

Den Mai vor Augen, … der Hoffnungsmonat, vergangenes kopfüber gestellt, und ich wusste, dass alles Wünschen nichts half, wenn man stehen bliebe.

Schon nach wenigen Schritten und an der Mühle mit dem Wink gebenden Namen einer weiblichen Charles, … besser gesagt, einer kleinen, freien Tüchtigen, vorbei, träumte mir sagenumwobenes: Schiffe, die mit Mann und Maus untergegangen, märchenhaft-goldene Städte, auch von verwunschenen Inseln, die auf Weisung einer höheren Macht nicht mehr sein durften, brachten sich mir hervor. … Oben also, an der Ostseeküste Schleswig Holsteins, da nährt vorzugsweise das Vergangene deutlicher als anderswo die Fantasie, dass dachte ich. … Ja, … und dass also auch dieses Meer alles schluckt und alles zügellos dann herabzieht, und dass alles, ohne Verzeichnis darüber zu führen. … Träumerisch schaute ich zum Horizont. Wolkengebilde mit vielfältigen, hoch aufragenden Formen trieben sich aneinander. Das Meer mit seinem Wellenglanz, jenem Blaugrün der Tiefe, dass daran anschließende, fassungslose Gelbblaugrau des Ufersaums und das saftige Grün der darauffolgenden Streifen, fürwahr, … dass alles zeigte sich mir an diesem Tag ungemein berückend; und Möwen kreischten in ihrer ganz eigenen Weise. Immer mehr stupsten mich vage Vorstellungen an: überall fand ich sie, die vielsagenden Steine mit ihrem Farbenspiel in Rosa, Türkiesblau und Meeresgrün. Gelegentlich zeigten sich meine Fundstücke in der Oberfläche so glatt geschliffen, wie sie auch verspielt scharfkantig an den Ecken und Übergängen sein konnten. Bisweilen mochte der eine oder andere Spaziergänger sich beim Herunterbeugen und danach Greifen geschnitten haben, ... auszuschließen war das keineswegs. Seltsam, so kam es mir in den Sinn, ... am Meer macht es kaum etwas aus, wenn man auf mancherlei düstere Überbleibsel stößt: eingefallene Quallen, Fischknöchelchen, irgendetwas, was man auf Anhieb nicht deuten kann. Kein Schaudern zieht sich dann an einem hoch. Vielleicht sogar schweiften gerade dann, ... sozusagen, mit dem Beweis der hiesigen, besonderen Endlichkeit belegt, ... vielleicht, wenig gedachte Gedanken an die Oberfläche: Leuchttürme, die bei eingebrochener Dämmerung ihren Lichtarm kreisen lassen, Nebelbänke, die undurchdringlich von See her sich Richtung Festland ziehen, Anker, die von geheimnisvollen Kapitänen gesetzt, und Landratten, die verloren auf sich gestellt immer bleiben. Natürlich, ... dass durfte man nicht auslassen: ein sandgefüllter Schuh, ... dort, dass hier typische Fundstück. Zumeist schweigt sich das Meer auch zu solchen Dingen aus. Doch der Mensch denkt: wer mochte da ertrunken sein? ... Gewiss war das nur der eine Teil eines säumigen Gegenstücks. ... Kaum durch einen stimmungsvollen Abschnitt mit Gehölz gewandert, der zudem die Sicht zum Meer nur mäßig ermöglicht, träumte mir nochmals etwas, ... nämlich, von der Möglichkeit, ein fotografiertes Meeresungeheuer, dass ich mit meiner Kamera nur rücklings aufgenommen hatte, dermaßen auf dem Lichtbild drehen zu können, dass sich das Wesen um 180 Grad mir zuwenden ließ, und nur deswegen, damit mir diese Gedankengestalt in die Augen schauen konnte. Im Großen und Ganzen beließ ich es bei dieser Originalität. ... Ach, mein Ostseeland. ... Das war also im Mai. ... Doch, ... manchmal, scheint es zu viel verlangt sich ein unversehrtes Meer zu wünschen. ... Immer noch auf dem Weg lag nun vor mir eine Möwenfeder, ältlich zerzaust schon, und gebraucht, doch immer noch eine Feder. Die hob ich auf und steckte sie mir in die Jackentasche, zum Beweis, dass ich sie gefunden hatte. ... Draußen, auf dem Meer, dass sah ich, blies der Wind mit langem Atem kurzkämmige, flache Wellenhügel auf. ... Und jetzt? Nun zog sich der Pfad für mich so geradlinig, als wäre dieser dem Reißbrett eines Konstruktionsbüros im Hamburger Alster-Arkadenviertel entsprungen. Nur wenig später weiter geführt ging die Strecke wieder in einen lässigeren Schnitt über, bog sich ostwärts, wobei der Abstand zum Ufersaum kaum der Veränderung unterworfen schien. … Ich sah vor mir in einer Sandmulde Miesmuscheln, an der Zahl, die ich nicht mehr weis, … und das Perlmutt sang in seiner Schönheit sich sein eigenes Loblied. Bald würden auch hier feine Sände Hand anlegen und diese Muscheln zu Kalk zerrieben haben. … Immer wieder musste ich beim Weitergehen den Blick heben. Draußen, … zweifelsfrei, wog die See, der Ordnung entsprechend, sicherlich noch nicht gesunkenes vor sich hin. Wie schön doch alles hier an diesem Flecken ist, sagte ich zu mir. Nun machte der tuckernde Motor eines Kutters sich bemerkbar. Nein, … dass war nicht störend, eher kam das einer erweiterten, meditativen Einkehr gleich. Natürlich stellte sich bei mir Fernweh ein. … Ja. … Hier an der Küste liefen obendrein die Uhren auch noch etwas anders als anderswo, eine Stunde erschien mir auch diesmal eigentlich wie kaum etwas. … Komisch, was hatte diese Fahrradkette hier zu suchen? Ein maritimes Überbleibsel von Käptn Nemos Nautilus? … Bäume, Gehölze, Weiden großzügige Schilfflächen rechts von mir. Lauernde Ringelgänse, misstrauische Wildpferde, grasende Rinder. Ich merkte, wie viel man hier an diesem Ort zu empfinden in der Lage ist. Reisepläne würde man nicht mehr schmieden müssen, wenn man hier lebte. … Der Himmel wurde nun tintig und draußen auf dem Meer begann es ordentlich zu toben. Mit dem Fernglas meinte ich eine Flasche mit Bügelverschluss sichten zu können. Auf und ab wiegte sie sich. Im aufgebrachten Wellental verlor ich sie mitunter aus den Augen. Sicherlich eine Flaschenpost mit dem Lageplan einer geheimnisvollen Schatzinsel, das schwante mir auf der Stelle vor. … Ja. … Allmählich begann ich die allseits geschätzte Meereseinsamkeit zu bezweifeln, aber ohne darüber bestürzt zu sein. Ich will mal so sagen: wie viel Belege mancherlei gewagten Treibens es hier doch gibt! … Die Brandung: ein unerwartetes Klatschen, ein zischendes Auslaufen, ein nachträgliches Murren. Vielleicht würde ich sogar noch einen Tümmler springen sehen. … Beinahe pausenlos wurde ich auf meinem Gang voll gestopft mit zum Meer gehörige Nachrichten. Und wie der Sand zwischen den Steinen leuchtete. … Oben auf dem Deich ein schaurig altes Fahrrad an einer Sitzbank angelehnt, doch der dazugehörige Mensch fehlte. Vielleicht Jens Ole Jepsen auf dem Weg zum Maler Nansen? Gelegentlich soll der hiesige, nördlichste Dorfpolizist Fische im Korb mit nach Haus gebracht haben. … Ja, … und dann und wann geht es nicht ohne Groll ab. … Oder war das ganz woanders, und jetzt sowieso nicht? …

Wie unerwartet und in Nullkommanichts einem das eigene Lebensalter hier am Meer einfallen kann, so dachte ich, … und man denkt es sich nicht unbeschwert.

Unterwegs in der Stadt

*I*ch hielt mich für vorbereitet. ... Natürlich kannte ich die Stadt, in der ich geboren wurde und seither lebte, wie meine Westentasche.

Es war nicht warm noch kalt aber es dämmerte schon. Ich schlenderte über Wege die ich in den letzten Jahren zumeist nur aus meinem Wagen heraus mitbekam. So überließ ich mich jetzt meinem wohltuenden Gefühl und steuerte auf Schusters Rappen geradewegs auf die Innerstadt meines Heimatortes zu, und ich dachte eigentlich nur wenig an etwas. Vielleicht an irgendeine Genugtuung, die ich meinte durch eine verspätete Zurückzahlung tun zu müssen, oder an beiläufige Begebenheiten, die im Nachhinein manchmal mehr bedeuteten als beim Geschehen selbst. Würde ich auf meinem Streifzug an den Stellen, die dazu qualifiziert waren und an denen ich absichtslos vorbeigehen musste, mich erkennen? Eine leichte Erregung stieg in mir auf als mir nicht zu knapp klar wurde, wie wenig ich in den letzten Jahren das Stadtinnere aufgesucht hatte. Gut, ... nur noch wenige hundert Meter bis zur Fußgängerzone. Vereinzelte, und bis hierher zu Gesicht bekommene Läden, ... schlicht waren sie alle, mussten für potenzielle Kunden nur so viel an Bedeutung haben, wie zu weit abgelegene Parkplätze an Rang besitzen. ... War das nicht so? Wahrscheinlich würde man nur im Ausnahmefall dort eintreten wollen. Gegebenenfalls war das aus einer gewissen praktischen Gewohnheit heraus denkbar. ... Auch wenn ich auf dem abendlichen Spaziergang zweifelsohne keine absolute Modellkneipe oder andere nach meinem Geschmack gute Lokalität in dieser Kleinstadt ausfindig machen würde, ... das war eigentlich klar, war mir diese abstrakte Möglichkeit dennoch, ... ich wusste nicht warum, ein Trost spendender Hoffnungsträger. ... Gut. ... Jetzt streifte ich durch den kümmerlich gewordenen Stadtpark, suchte Bäume und Sträucher ab die ich identifizieren und meiner Zeitrechnung nach zuordnen konnte. Schließlich musterte ich die vor mir frisch gemähte Rasenfläche etwas genauer. Ungelogen, ... wie oft nahm ich in meiner Sturm- und Drangzeit die Abkürzung über diesen Grünstreifen, um den Heimweg zu später Stunde zeitlich zu verkürzen. ... Kaum so erinnert, stellte ich fest, dass mir bislang auf meiner Tour kein Mensch begegnet war. Seltsam kam mir das schon vor. ... Für mich stand heute Abend kein Termin an, keine Verpflichtung würde nach einer noch nicht erledigten Unerlässlichkeit rufen, ... es erübrigte sich also der Blick auf irgendeine Uhr. Dennoch kam ich nicht ein einziges Mal auf den Gedanken wirklich inne zu halten, geschweige denn, mich auf eine der drei vereinzelt hier stehenden Parkbänke zu setzen. ... Nachdem ich die Grünanlage verlassen hatte fiel mich ein etwas wärmerer Luftzug an. Und dann, auf einmal, ... vielleicht etwas zu viel herausfordernd zurückgedacht, stand ich vor der besagten Fußgängerzone. ... An einem Freitagabend also, und der noch nicht einmal ein Feiertag war, betrat ich die Innerei dieses Fleckens. Ich blickte die zum größten Teil schnurgerade und übersichtliche Meile entlang und sah erst jetzt, nur wenig vor mir, einige junge Männer, dünne und fette, vor einem, ... sagen wir mal, eher dörflichen Szenelokal sitzen. Das kleine Volk von bierseligen Gesellen machte sich lautstark dicke. Ja, ... halbwüchsige zwischen kurzgehaltenen Zierbäumchen und auf knickebeinigen Gartenstühlen. ... Das war also mein erster Eindruck von der besagten Ortsmitte. Von jenen anderen zwanzigtausend Männer und Frauen dieser Stadt sah ich nichts. Hielten sie sich vor Fernsehern auf oder wer weiß wo? Gut, ... warum nicht! Jeder soll seinen Spaß haben, dachte ich, als meine Bahn im gehörigen Abstand, doch preußisch genug, am Tischgelage vorbeiführte. Irgendwann würde auch bei diesen Möchtegern-Kämpfern die Müdigkeit sich bemerkbar machen. ... Jetzt, wo die schnurgerade Bäumchenreihe gelichteter erschien, weil nicht mit leer stehenden Stühlchen und lieblosen Tischchen unterbrochen, auch kein Zittergras im blümchenbepflanzten, lächerlichen Zweimeterfünfzig-Rondell die Linie kappt, wirkte diese Örtlichkeit plötzlich noch mehr versprengt, ... will sagen, wie in einsamen Schluchten gesetzt, ... geradezu eremitenhaft. Nein, ... hier wurde schon lange nicht mehr landestypisch gekocht, auch der Wohlgeruch nach regionsunüblichem, rheinischem Sauerbraten zu sonntäglicher Mittagszeit und bei offenem Küchenfenster, musste als abwegig gelten, ... zumindest durfte der Verdacht gestellt sein. Hier wohnte keiner mehr und hielt sein Mittagsschläfchen auf dem bequemen Stubensofa. Anstelle dessen: mäßig ausgestattete Verkaufsstätten und immer wieder übergangsbesungene Leerstände mit Packpapier beklebten Schaufensterflächen. ... Ekelhaft! ... Keine fünf Minuten später, abgewrackte Filmfiguren in einer muffeligen Bühnendichtung, so erschienen mir vier Alte, die sich durch vergilbte Kneipengardinen sichtbar machten. Ich war mir sicher, dass von denen keiner mehr einen Hausbrand nährenden Streit vom Zaun brechen würde. Die Figuren saßen auf rückenlehnlose Barhocker, die Oberkörper auffallend nach vorn gebeugt. Ganz klar, ... dort hatten kleine Jungs nichts zu suchen. Ich machte mir im Vorübergehen etwas Vorwürfe, und nur deswegen, weil ich nicht dazugehören wollte, ... wieder einmal nicht. Gewiss, ... es war keine Leichtfertigkeit der ich mich seit längerem unterwarf, ... aber ich wusste auch nicht mehr genau, warum ich das so sehen wollte. ... Nur ein Steinwurf weiter, ... dort hinten bei der angeschlagenen, mittlerweile auch geköpften Stadtmauer, hatte vor Jahrzehnten jemand Kloppe bezogen, ... ich meinte, dass das der damalige Gemeindepastor gewesen sein muss. ... Wie auch immer. Schließlich blutete der Geschädigte heftig aus der Nase, ... ja, dass sah ich, und die ansehnliche Blutlache konnte man noch Tage später bestaunen. Was damals alles beim Freilufttheater möglich war. ... Ich ließ diese Episode noch einmal kurz an mir vorbeiziehen. ... Hernach pausierte ich. Nicht weil ich außer Atem war, sondern weil einige hundert Mücken vor einem speckigen, ausgeräumten Schaufensterraum einen wilden Tanz aufführten. Hier konnte man also damals sich die Haare schneiden lassen. Warum in dieser Bude Licht brannte musste schleierhaft sein. Hinten rechts, haargenau im Zimmereck, ein rostig gewordenes Rasiermesser aufgeklappt auf dem Boden. ... Eigentlich wusste man das: Messer, Gabel, Schere, Licht dürfen kleine Kinder nicht! Also, ... so etwas sollte man nicht einfach so herumliegen lassen, auch nicht über Jahre hinweg. ... Was denkste denn da, hätte ich mich fragen können. Fragen fragen! Immer noch? ... Solche und solche! ... Ich merkte, dass ich stockte.

Ich ahnte, dass ich auf meinem Stadtgang das Nadelöhr nun doch nicht genügend zu fassen bekommen würde. Wahrscheinlich war es falsch wasserdichte Ergebnisse zu erhoffen, die vielstellige Zahl erkennen zu können. ... Aber welchen Mechanismus sollte ich anwenden, um Klarheit zu bekommen? Auch das einfache Nachdenken über dieses oder jenes musste wohl ungezählt mit Mangel verbunden, oft genug nahe unmöglich sein.

Männer mit Überblick? Nein, ... auch das war nur ein dummes Lügenmärchen!

Also die üblichen alten Geschichten. Ja, ... so dachte es mir, als ich den Rückweg antrat. ... Auch, ... dass hier in diesem Ort alles anfing!

Wie die Schuhe, so auch durch alle Schlaufen und im dritten Loch

*W*ie schnell man doch im Bilde sein kann. … Meine Frau beobachtete mich nicht, zu sehr war sie darauf aus behangene Kleiderbügel auf der Stange von dort nach dort zu verschieben.

Ich also saß und wartete rüstig ab. … Ja, … schließlich hatte ich mich nur kurz mit einem lässigen Wink abgemeldet, um zum Ledersessel, nahe der ausblickreichen Fensterfront, zu gelangen, und dass, ohne mich zu entschuldigen. … Nein, … auf Rolltreppen stand ich nicht gern, an feuchtigkeitsabgebende Gummimäntel glaubte ich ebenso wenig. … Ich horchte in mich hinein: Tatsächlich hatte sich das Verlangen auf Kauflust bei mir auch in den letzten Jahrzehnten nicht ausgiebig genug weiterentwickelt. Bestenfalls konnte ich für den übergangsfreien, zurückziehenden Abgang ohne Bedenken mich begeistern. … Gut, … also:

Eine Frau dort hinten, an dem mit Boden-Rollen bestückten Blusenständer, reibt sich die Augen und seufzt vor sich hin. Warum? Fragezeichen! Die Rolltreppe ist vollgesogen von Menschen. Ganz darf man sich darauf verlassen, den Ausstieg nicht zu verpassen. Kaum etwas ist unansehnlicher als eine Rolltreppe außer Betrieb, aber das ist hier nicht der Fall. Ich werfe einen Blick zur Seite. Nur wenige Meter entfernt, außerhalb meiner selbst ernannten Schutzzone, reihen sich Damenhüte aneinander, weitkrämpige und übergangslose, bunte, unifarbene, schöne und hässliche. Doch das Interesse daran scheint praktisch gegen Null zu gehen. Nur eine, etwas weiter rechts, wird sich vielleicht später begeistern können aber das steht noch nicht wirklich fest. … Es tut gut dem Gewimmel von Menschenmassen nicht mehr direkt ausgesetzt zu sein. Jetzt richte ich meinen Blick in die andere Richtung und schon merke ich, dass ich das nicht hätte tun sollen. Also, … weiter hinten, … dort, wo sich die wieder in Mode gekommenen Hosenanzüge und hochhackigen Schuhpaare über den Weg laufen, … dann, wenn es Nacht ist und hier menschenleer, fällt mir ein Mann mit ernsten Augen und strengem Gesicht auf, … ein Regent. Zehn weit ausladende Schritte weiter, eine Frau, die ich mir ihm dazugehörig andenke. Wild gestikuliert der Regent ihr zu. Etwas verlegen hält sie ihm ein Paar Pumps aus der Entfernung vor; … sie wird sie wieder zurückstellen. … Das hier allgegenwärtige Hintergrundgeräusch der Klimaanlage nervt. Dennoch, … wie harmlos erfrischend doch die Wartezeit sein kann. Fast freue ich mich. Natürlich grüßt hier an einem solchen Ort nicht jeder jeden, in der Regel kennt man sich nicht, auch nicht flüchtig, es sei denn, der Zufall tritt hinzu. … Ich durchquere die Halle erneut weitläufig mit den Augen, stoße hier und da an ohne mich aus dem durchgesessenen Sessel aufrichten zu müssen. Innerlich kichere ich. … Wo ist meine Frau abgeblieben? Kein Abschiedsbrief traf ein. Als ich mir das recht überlege, komme ich zum Ergebnis, dass das für mich ein herber Verlust wäre. … Ich nehme mit meinen Augen Fahrt auf. Schließlich, … da hinten, bei den teuren Dessous, kann ich sie erspähen. … Doch dies alles wird auch die Amtszeit eines Prinzen heutzutage nicht verlängern, da ich versprach, mich um einen neuen Hosengürtel zu bemühen. Gut, … ich will mal so sagen, … beschwerlich kann auch das Herauszwingen aus einem unbequem- durchgesessenen Sessel sein. Also, … ich werfe im Aufraffen und mit steif gewordenen Gliedern einen Blick zu meiner Frau hinüber und signalisiere ihr mit beiden Händen und filigranem Fingerspiel, dass sie mich eine Etage tiefer finden kann; … die Gürtelabteilung lässt grüßen. Sie nickt. Also. … Die Traube zum Einstieg am Absatz der Rolltreppe bildet sich für mich nur aus Rückenansichten. Kaum das gedacht, schon bin auch ich ein Rädchen im Getriebe. Glatt kommt mir doch der Gedanke, mich umzudrehen und den Versuch zu wagen, mich in die entgegengesetzte Richtung zu prüfen, … wie seltsam. Jetzt verringert sich meine Tritte in der Höhe. Der Hartgummihandlauf kommt in den abfallenden Übergang. Würde ich das nicht beachten, so käme ich mit meinem Klammergriff, gleich dem niederfahrenden Laufradius, in die unappetitliche Beuge. Vorsicht, … Absatz. Ein wenig freue ich mich, dass mir der Abgang von der Stufe so gelingt. … Nur raus aus der kurzatmigen, blassrosafarbigen Innerlichkeit. Klar, … es fällt mir schwer das richtige Personal zu finden. Doch, … tatsächlich, … und siehe da, ich habe Glück.

Wie schön und kraftvoll die Dame auf mich eingeht, … ja, so werde ich das schaffen: Zunächst einmal müssen Sie mit der Farbe der Schuhe gehen. Dann nicht den Umstand scheuen, den Gürtel richtig durch sämtliche Hosenschlaufen zu ziehen. Darauf achten, dass im dritten Loch der Gürtel geschlossen ist. Zudem den Gürtelansatz vollständig in die naheliegendste Schlaufe bringen. … Natürlich, … woran denken Sie? Achten Sie auch auf den bequemen Sitz der Hose.

Ich nicke nur und kann nicht verhindern, dass ich nicht überrascht bin.

Strandgut: Zwei Schiffsnägel und marodes Seil, ... 23. März 2016

Zum Schluss

*S*chließlich gab ich mich zufrieden. ... Die Räume im Haus waren bereits fast leer geräumt. Nur wesentliches, um die letzten Tage hier, in meiner altgewohnten Region, einigermaßen gut verbringen zu können, hatten wir noch stehen gelassen.

Ich ging nicht, ich sprang die letzten drei Treppenstufen zum Flur hinab. Ein Gefühl, das ich als Kind das letzte Mal meinte gespürt zu haben. Verblüfft schaute ich mein Spiegelbild auf der Glasfläche des hier zurücklassenden Flurschranks an. ... Natürlich, ... so rasch als möglich wollte ich mich auf den Weg zur Baustelle machen. Auch hatte ich mir für heute noch vorgenommen am Strand etwas entlangzuschlendern. ... Schließlich stockte ich. Noch halb im Türrahmen der Haustür, bohrten sich aufs Neue meine mir mittlerweile altbekannten Zweifel in mir hoch, ... ja. Mein Blick, ... so, als sei er noch nicht genug geschult fürs Abschiednehmen, ging noch einmal die Treppenstufen hinauf. Ich sah im Gedanken meine Tochter hinunter stürmen und dabei freundlich Winken. Jetzt wohnte sie fern ab von hier und lebte ihr eigenes Leben. ... Konnte ich mich mit dieser, meiner bisherigen Geschichte, zufrieden geben? Was hätte ich alles noch besser machen können? ... In wenigen Wochen würden wir, meine Frau und Ich, auf unserem neuen Lebensweg eingebogen sein.

Der späte Herbst hatte schon lange die Natur in mancherlei Färbung gebracht. Gewiss, ... mir blieb nicht mehr viel Zeit wenn ich pünktlich sein wollte. ... Sollte ich, das kam mir nun doch in den Sinn, vorab des Weges ein letztes Ziel im Ort aufsuchen, egal welches, ... einfach nur so? Auf eine seltsamen Weise schien mir diese Stunde geradezu dazu berufen. Meine Vorstellung war in der Tat beispiellos und wirklich erklären konnte ich mir diesen Drang nicht. Ein letztes Eis am Stil vom hiesigen Kiosk? Vielleicht das? ... Die endlosen Stunden der letzten Nacht, die noch in mir nachhallten, zergingen nun gänzlich zwischen meinen Fingern. ... Fürwahr. ... Jetzt hatte ich das Gefühl etwas ganz Wichtiges vergessen zu haben, und siehe da, ... ich hätte noch einen Zettel an die Küchentür für meine Frau heften können: „*Bin jetzt weg, - du weist schon*", doch ich überlegte mir die Sache anders.

Es war soweit, … jetzt! Auf kurz oder lang würde es wohl immer darauf hinauslaufen: man verbringt den bestimmten Moment vor dem Hinaustreten aus dem Haus mit Melancholie; ich will mal so sagen, … sechzig Jahre hatte ich hier an diesem Ort verbracht, … ja. Und jetzt schaute ich zu der alten Standuhr, die am hinteren Ende, im Eck des Flurs, stand und die wir auf keinen Fall mit auf die Reise nehmen wollten. … Und erst jetzt sah ich sie, ich wusste nicht wie, mit anderen Augen. Mochte es möglicherweise daran liegen, dass sich im unteren Drittel des Holzgehäuses noch eine angebrochene Flasche Maltwhisky befand oder vielleicht eine Schachtel restgebliebenes an Süßigkeit? … Was sollte ich tun? Sollte ich überhaupt etwas tun? Bestürzt schaute ich zum Ziffernblatt herauf und sprach mir Mut zu. … Ja, so war das.

Immer noch stand ich im Türrahmen der bereits halb geschlossenen Haustür und hielt mich am Türknauf fest. … - Lass bloß die Pfeife nicht ausgehen!

Kurz darauf schwenkte ich die Tür ins Schloss, … so, wie ich es noch nie getan hatte.

Strandgut: Erbsenschoten und Zwiebel, … 17. April 2016

DAS LEBEN EIN TESTSPIEL?

·

Inhalt

Strandgut in Kohle: Miesmuscheln - 6

Abgesang - 7

Friedhofsgänger - 10

Wenn, ... dann „Welle Nord" - 13

Strandgut in Kohle: Gneisgranit - 16

Nur die eine Möglichkeit eines fast ganz normalen Schultages - 17

Umpflanzung - 21

Auf zwei Kännchen Tee bei Günter Grass - 24

Strandgut in Kohle: Altes Holz - 29

Schau dich ruhig um - 30

Im Café - 33

Kirchgang - 37

Strandgut in Kohle: Federleicht - 42

An meiner Ostsee - 43

Unterwegs in der Stadt - 47

Wie die Schuhe, so auch durch alle Schlaufen und im dritten Loch - 51

Strandgut in Kohle: Zwei Schiffsnägel und marodes Seil - 54

Zum Schluss - 55

Strandgut in Kohle: Erbsenschoten und Zwiebel - 57

Inhalt – 61

Hinter diesem Werk

steht eine „Verschworene"

und eine „Verbündete", die es nur flüchtig wissen wird.

Euch gilt mein großer Dank!

Sie können das Literaturbüro des Autoren

über die Internetseite - www.geschriebenes.com - erreichen

Dr. phil. Thorsten Lindemann lebt in Schleswig-Holstein an der Ostseeküste und zählt zu den Schriftstellern die sich der philosophischen, zeitkritischen Gegenwartsliteratur widmen.

Neben zahlreichen- fachspezifischen Publikationen veröffentlichte der Autor folgende Werke:

- die Erzählung *„Die kleine Bucht des … Flusses Lauf"* (2006)

- den Roman *„Aufgehangen"* (2009)

- den Gedichte- und Lyrikband *„Es träumte mir"* (2010)

- den Roman *„AndersWo als sonst"* (2015)

  …..

- Miniaturen in Wort und Kohle *„Am Rande zum Wesentlichen"* (2017)

Zeitfracht Medien GmbH
Ferdinand-Jühlke-Straße 7
99095 Erfurt, Deutschland
produktsicherheit@kolibri360.de